17번
부표

느티나무문우회 제4집

17번 부표

펴낸날   초판 1쇄 2016년 6월 28일

지은이   서장원 외
펴낸이   서용순
펴낸곳   이지출판

출판등록   1997년 9월 10일 제300-2005-156호
주 소   03131 서울시 종로구 율곡로6길 36 월드오피스텔 903호
대표전화   02-743-7661 팩스 02-743-7621
이메일   easy7661@naver.com
디자인   박성현
인 쇄   (주)꽃피는 청춘

ⓒ 2016 느티나무문우회

값 13,000원

ISBN 979-11-5555-044-1 03810

※ 잘못 만들어진 책은 바꿔 드립니다.

이 도서의 국립중앙도서관 출판시도서목록(CIP)은 e-CIP홈페이지(http://www.nl.go.kr/ecip)와 국가자료
공동목록시스템(http://www.nl.go.kr/kolisnet)에서 이용하실 수 있습니다.(CIP제어번호: CIP2016013724)

17번
부표

느티나무문우회 ④

이지출판

느티나무 아래서 수필을 쓰다

느티나무문우회가 싹을 틔운 지 어느덧 11년이 되었습니다. 돌이켜보면 결코 짧지 않은 시간이었습니다. 느티나무가 큰 정자나무로 될 때까지 서서히 자라 넓은 쉼터를 만들어 주듯 우리 모임도 서두르지 않고 둥치를 키워 왔습니다. 그 결과물로 이번에 동인지 제4집을 출간하게 되었습니다.

우리 문우회 열여섯 회원은 한 달에 두 번, 260여 회에 걸쳐 합평회를 가져왔습니다. 초창기 수필의 세계에 푹 빠졌던 때의 그 열정이 식지 않도록 노력해 왔습니다. 이런 수필에 대한 열정을 이 동인지에 고스란히 담고자 했습니다.

선배들로부터 귀동냥한 글쓰기가 끝없는 고행苦行이라는 말을 날이 갈수록 실감합니다. 더구나 인쇄물로 그 실체를 나타낼 때는 한편으론 두렵고 또 한편으론 기쁘기도 합니다. 그럼에도 우리 회원들의 고심한 흔적이 아담하고도 산뜻한 작품집으로 태어나 흐뭇하고 자부심을 느낍니다.

느티나무문우회는 앞으로도 수필을 사랑하는 마음을 다잡아 격조 높은 수필쓰기에 더욱더 정진할 것이고, 회원 간의 화목과 결속도 계속 다져 나갈 것입니다. 그렇게 커가는 느티나무가 누군가에게는 시원한 그늘을 드리우고 누군가에게는 사색의 공간이 되었으면 좋겠습니다.

오늘이 있기까지 저희를 이끌어 주신 손광성 선생님께 깊이 감사드립니다. 아울러 합평회 자리를 내어 준 동대문도서관과 책을 품위 있게 엮어 준 이지출판 서용순 대표에게도 고마운 마음을 전합니다.

2016년 6월 초여름
느티나무문우회 회장 서 장 원

♣ 차례

축복 · 둘

간절함 · 셋

그래도 · 사랑

그리움

·

하나

유월의 창가에서

지 영 선

　유월은 갓 서른 살 여인 같은 달이다. 꽃보다 고운 연녹색 이파리 엮어 가는 유월의 나무를 닮은 서른 살. 김광석이 부르는 '서른 즈음에' 는 아름답지만 슬픈 노래다. 나의 서른 살도 그랬는지 정확히 기억할 수 없지만 삶은 누구에게나 기쁘기만 한 것도 슬픈 것만도 아니지 않을까.

　빌딩 사이로 보이는 한 뼘 산자락이 풋내음 싣고 와락 가슴에 안긴다. 간밤에 내린 비 때문일까? 사방에서 튕겨 오르는 초록 물방울 소리가 마치 슈베르트 피아노 5중주 4악장 송어 선율 같다. 이때는 거리의 소음마저도 순하게 흐른다.

　유월은 화사하고 눈부신 달이다. 그 속으로 풍덩 뛰어들고 싶다. 서늘하고 차가운 산 속의 아침 공기, 풋비린내 나는 숲 사이로 비치는 빗살무늬 햇빛, 바람에 살랑거리는 나뭇잎의 윤기, 장난기 많은 개구쟁이를 떠올리게 하는 개울물 소리의 생기발랄함을 나는 사랑한다.

내게 유월은 그날의 오이 향기 같은 달이다. 어느 날, 어린 내가 졸라대서 그랬던지 엄마가 집 앞 텃밭에서 노란 꽃잎이 채 떨어지지 않은 가시오이를 따 주었다. 그 작고 여린 것의 껄끄럽고 따가운 촉감이라니. 놀라서 그대로 손에서 놓아 버렸다. 엄마가 그것을 주워 앞치마에 문질러 다시 내 손에 쥐어 주었다. 그때 베어 물던 오이 향기를 지금도 내 몸은 기억할 것이다.

그날 나는 사물의 표피와 본질의 속성이 다름을 처음으로 경험했으리라. 그때 손으로 잡지 못하고 놓아 버린 오이처럼 내 삶에서 밀어낸 시간은 흔적이 없다. 하지만 가슴 저 밑바닥에 앙금처럼 가라앉은 응어리들. 유월이면 초연한 듯, 점잖은 겉치레에 가려졌던 그 욕망의 화석들이 살아 꿈틀거리며 반란을 시도한다. 그것은 고통스런 반란이 아니다. 생명의 에너지가 샘솟는 상큼한 반란이다.

경박하리만치 나풀대던 바람의 요염함과 온갖 모양과 색채로 유혹하던 긴 봄날의 정취에도 냉소적이던 나. 하지만 이제 막 연초록 꿈에서 깨어나 여름날의 뜨거운 열정을 눈앞에 두고 있는 유월의 창가에서는 더 이상 초연할 수가 없다.

유월에는 불꽃같은 열정으로 뭔가에 미쳐보고 싶다. 파스칼의 생각하는 갈대보다 행동하는 돈키호테가 되고 싶다. 정체된 일상의 늪에 빠져 있기보다 찰나를 밝히는 섬광처럼 살다 가고 싶다. 설령 그 열정이 한여름 등불 속으로 뛰어드는 불나비처럼 무모한들 어떠리.

유월이 오면 나는 바다로 나가 철썩이는 파도가 되고 싶다. 그 파도가 입 맞추는 해안선이 되고 싶다. 아니 온몸을 내던져 검은 바위에 쉼 없이 부딪치고 부서져 보랏빛 물안개로 피어나도 좋을 것 같다.

유월이면 나는 푸른 밀밭 둔덕에 핏빛 양귀비로 피어나 누군가의 마음을 훔치고 싶다. 그리고 그 누군가와 사랑의 이중창을 목청 높여 노래하고 싶다.

직선으로 내리꽂히는 유월의 햇살 아래 겉치레 속에 여미어 둔 내 속내를 분수처럼 펼치고 싶다. 그래서 지나간 여름, 가을, 겨울, 봄보다 좀 더 의미 있는 존재로 다시 태어나고 싶다.

유월에는 남도의 소리꾼으로 살고 싶다. 한바탕 질펀하게 육자배기라도 쏟아내지 않고 어찌 다시 일 년을 견디며 살까 싶어서다.

해마다 유월이 오면 나는 갓 서른 살 여인으로 다시 태어난다. 그래서 때로 터무니없는 열병에 시달리지만 그래도 상큼하게 찾아오는 유월이 있어 다시 원기로 회복한다.

소중한 선물

김 명 희

침 넘어가는 소리가 우레처럼 크게 들린다. 숨이 막혔다. 의자에서 벌떡 일어났다.

이리저리 서성거리다 전광판을 올려다보았다. 붉은 글씨가 멈추는 것을 잊어버린 듯 끊임없이 흐르고 있었다.

'수술중'

위를 쳐다보던 내 눈길이 아버지 얼굴에서 멈췄다. 창백해진 얼굴로 미동조차 않고 허공을 바라보고 계셨다. 낯설었다. 저리도 엄마를 사랑했던 것일까. 엄마에 대한 정이 눈곱만큼이라도 있을까 싶을 정도로 함부로 대했던 분이었다. 그런 아버지 얼굴에 어리는 고통스러운 모습이 나에게 묘할 정도로 억한 마음을 불러일으켰다. 갑자기 화가 목울대까지 치밀어 올랐다.

'평소에 잘하시지.'

동생들의 안절부절못하는 모습을 멍하니 바라보다 의자에 앉았다. 눈물을 보이지 않으려고 아프지도 않은 다리를 주무르며 고개를 숙였다.

엄마의 사고 소식을 들은 것은 직장에서 막 일을 시작할 때였다.

"언니, 엄마가 지금 응급실로 실려 가셨어."

수화기를 통해 들려오는 동생의 다급한 목소리에 가슴이 철렁 내려앉았다.

"왜?"

"일하시다가 손가락이 모두 잘리셨어."

허둥지둥 엄마가 입원한 병원으로 달려갔다. 내가 도착했을 때는 이미 수술이 진행되고 있었다. 아버지는 나를 쳐다볼 경황도 없는지 수술실만 바라보고 계셨다.

"어떻게 된 일이야?"

울기만 하는 동생에게 다그쳐 물었다.

아버지 공장 일을 도와주다가 엄마의 장갑 낀 손이 기계에 딸려들어갔다고 했다. 벌써 아홉 시간이 흘러가고 있었다.

수술실 문이 열렸다. 의사가 나왔다. 우리는 일제히 그에게 달려갔다. 식은땀이 등을 타고 흘러내렸다. 가슴이 방망이질 하듯 심하게 요동쳤다. 입술이 바싹 말랐다. 어떻게 되었냐고 묻고 싶었는데 목이 아파서 아무 소리도 낼 수 없었다. 그저 간절한 눈빛으로 바라보기만 했다. 아버지가 천천히 몸을 일으키더니 의사 앞으로 걸어가셨다.

침묵을 깨고 의사가 담담히 말했다.

"손가락 봉합 수술은 성공했지만 신경이 다 돌아올지는 알 수 없습니다. 한번 지켜보도록 하지요."

갑자기 눈물이 쏟아졌다. 희망도 절망도 아닌 말이었건만 그 순간 절망이 더 크게 마음으로 다가왔던 것 같다.

회복실로 옮겨진 후 정신이 돌아온 엄마는 그 고통 중에서도 놀랐을 우리 걱정을 하셨다.

"엄마 몸이나 걱정하세요. 도대체 이게 무슨 일이야?"

버럭 소리를 질러 보았지만, 가슴이 답답해 미칠 지경이었다. 하지만 막막하고 두려운 마음을 내색할 수는 없었다. 수술이 성공해서 얼마나 다행이냐며 애써 밝은 척을 했다.

아버지는 삶에 지친 당신의 고통을 자주 술로 달래셨고, 그럴 때면 우리 집은 언제 터질지 모르는 활화산처럼 긴장으로 가득했다. 아버지의 폭언과 폭력은 우리로 하여금 아버지를 미워하게 만들었다. 그럴 때마다 엄마는 항상 이런 말로 우리를 다독거리셨다.

"네 아버지도 나쁜 사람은 아니야. 혼자서 여섯 식구 먹여 살리려니까 힘이 들어서 그런 것뿐이란다."

하지만 엄마와 아버지 사이에서 바람막이 역할을 해야 했던 나는 늘 지치고 힘이 들었다. 그럴 때마다 아버지에 대한 나의 원망과 미움은 켜켜이 쌓여 영원히 녹지 않을 것 같은 빙산이 되어갔다.

　엄마의 재활은 생각보다 더 큰 고통이었다. 차라리 죽는 것이 낫다고 말할 정도로 극심한 고통에 시달리는 엄마의 얼굴에서 점점 희망과 웃음이 사라지고 있었다. 아버지는 짜증 부리는 엄마 옆에서 마치 지난날의 잘못을 속죄하려는 것처럼 얼굴 한번 찌푸리지 않고 간호하셨다. 엄마에게만큼은 효도하고 있다는 건방진 생각을 하던 우리보다도 더 엄마 얼굴에 웃음을 피워 드리고 있었다. 나는 사고 이후 예전과 정반대로 달라지신 아버지의 모습이 놀랍고도 어색했다.

　엄마를 병원으로 데려다준 이웃 분에게서 당시 상황을 상세히 전해 들을 수 있었다. 그때 아버지 얼굴은 마치 죽을 것처럼 창백하고 안절부절못했으며 잘린 손가락을 얼음 팩에 담아 든 손이 사시나무 떨듯 했었다고 한다.

　그 엄청난 일을 당한 탓이었을까. 어디에 숨어 있었나 싶은 정도의 자상함으로 재활하는 엄마를 돌보셨다. 그런 모습을 보면서 철옹성처럼 단단할 것 같았던 나의 미움이 어느 결엔가 점점 무너지고 있었다.

　엄마의 다섯 손가락은 기나긴 고통 속에서 치러진 재활에도 결국 두 개밖에 신경이 살아나지 못하였다.

　"그래도 얼마나 다행이냐. 엄지와 검지가 살아서 뭐든지 할 수 있단다."

엄마의 웃음 담긴 목소리가 나의 마음을 아리게 했다. 겨울 추위가 마지막 기승을 부리고 있을 무렵 긴 투병 생활을 끝내고 엄마가 퇴원하셨다.

"토닥토닥."

새벽을 가르며 들려오는 도마질 소리. 엄마의 두 손가락이 이루어 내는 작고 둔탁한 소리다. 나는 잠에서 깨어난다. 기지개를 켜며 부스스 일어나 주방으로 가는데 도란도란 속삭이는 아버지의 부드러운 목소리가 들린다. 생소한 주방 풍경에 잠시 멈칫하다가 방으로 돌아온다. 멍하니 앉아 있는 내 안에서 흐르는 불안하고도 따스한 이 기운은 무엇일까. 어쩌면 엄마의 손가락 세 개는 우리 가족에게 사랑과 희망이라는 소중한 선물을 주고 떠나갔는지도 모르겠다.

겨울로 가득 찼던 그림 한구석에서 피어나 봄의 시작을 알리는 자그마한 새싹처럼 폭풍 전야 같은 불안으로 늘 차갑고 침울했던 우리 집에 웃음이라는 꽃봉오리가 간간이 터지고 있다.

가을길에서

조 유 안

　밤새 비가 내린 늦가을의 교토. 어린이집에 손자를 데려다주러 유모차를 밀고 나선다. 어제까지만 해도 하늘을 가릴 듯 풍성하던 은행잎들이 차고 축축한 도로에 힘없이 누워 있다. 그 잎들 위로 유모차 바퀴와 내 발이 바삐 지나간다.

　은행나무 길 모퉁이에 서 있는 한 그루의 단풍나무마저 잎을 다 떨구었다. 노란 드레스 끝자락에 붉은 꽃잎을 흩뿌려 놓은 것 같다. 단풍잎은, 나무 아래 있는 한아름은 됨직한 돌 위에도 떨어져 있다. 같은 길을 열흘 넘도록 다니면서도 이렇게 큰 돌이 있는지 몰랐다. 혼자서는 눈길조차 잡지 못하더니 붉은 단풍잎으로 머리를 한껏 치장하고서야 비로소 주목을 받는다. 인생에도 화양연화가 있듯이 돌의 빛나는 한때는 지금인지도 모른다.

보도를 가득 채운 낙엽은 생이 다해도, 아니 생이 다해서 더욱 아름답다. 이 순간을 담아 두려 휴대폰을 꺼낸다. 오렌지색 점퍼를 입은 여인이 긴 머리를 날리며 자전거를 타고 지나간다. 빠른 발놀림, 파도처럼 출렁이는 어깨, 바람에 한껏 부풀어 오른 점퍼, 고요하던 길이 살아 움직인다.

　그녀의 힘찬 뒷모습에서 내 젊은 날을 본다. 자전거를 처음 배울 때처럼 흔들리고 불안했던 시절. 하지만 희망이 있고 이겨 낼 힘이 있어 생기 넘치던 나날이었다. 자전거는, 지나버린 날처럼 빠른 속도로 멀어져 간다. 곧 모퉁이를 돌아 사라져 버릴 것 같다. 황급히 셔터를 누른다.

　빨강 신호등에 걸린 건널목에서 허리를 굽혀 유모차 안을 본다. 내 아이의 아이가 나와 눈을 맞추며 웃는다. 내 아이들도 유모차 안에서 이렇듯 해맑게 웃고 있었는데 언제 한 세대가 지나가 버린 걸까. 삼십 년 세월이 블랙홀에 빨려 들어간 느낌이다.

　담장에 초록과 노랑 은행잎이 오밀조밀 그려져 있는 보육원에 도착했다. 새로 옮긴 어린이집, 게다가 언어마저 낯선 이국이라 채 두 돌이 되지 않은 손자는 데려다줄 때마다 들어가지 않겠다고 울며불며 내게 매달리곤 했다. 이제 조금씩 익숙해져 가는지 며칠 전부터 울음이 잦아들더니 오늘은 스스로 문을 열고 들어간다. 내가 '바이바이' 하고 외쳐도 돌아보는 둥 마는 둥 장난감 차를 가지고 놀기에 바쁘다.

이 조그만 아이도 이제 홀로 날아갈 날개가 돋기 시작했나 보다. 전에도, 날개가 돋았나 싶더니 어느 사이에 다 자라 힘차게 날갯짓하며 날아가 버리는 내 아이들의 모습을 보고 또 보았건만 아직도 면역이 덜 된 탓일까. 머리로는 대견하고 가슴으로는 서운하다.

어린이집을 나와 집으로 향한다. 손자도 유모차도 없이 빈손이다. 손을 코트 주머니에 넣고 터덜터덜 걷다 길을 잘못 들었나 싶어 잠시 두리번거린다. 조금 전 은행잎으로 뒤덮여 있던 길이, 꿈이었나 싶게 말끔했기 때문이다. 몇 십 분도 안 되는 사이에 부지런한 사람들이 깨끗이 흔적을 지워 버렸나 보다. 하기야, 자신에겐 더없이 소중한 생일지라도 또 다른 이들에겐 관심의 대상조차 되지 못하는 것처럼, 나름대로 사연이 많았을 낙엽도 그것을 치워야 하는 이들에게는 그저 빨리 마무리해야 할 일감에 불과했을 것이다.

머리를 붉게 물들여 강렬한 인상을 남겼던 돌도 다시 제 모습으로 돌아와 다소곳하다. 갈 때 보았던 것들이 올 때는 하나도 없다. 빛나던 한때는 어디로 간 것일까.

비에 젖어 진한 회색빛 도는 아스팔트 길을, 무겁게 내려앉은 하늘을 이고 걷는다. 흑백영화 속을 걷는 느낌이다. 잠시 걸음을 멈추고 휴대폰을 꺼내 조금 전에 찍은 사진을 본다. 낙엽 가득한 거리, 웃고 있는 아이, 단풍을 머리에 얹은 돌, 자전거를 타고 가는 오렌지빛 내 젊음까지, 아름다웠던 한때가 그 안에 고스란히 간직되어 있다.

　오가는 이 드문 한산한 길을, 사진을 보며 걷는다. 사각 프레임 안에 영원히 남아 있을 것 같은 이 순간 또한, 삭제를 누르면 언제든 사라질 것이다.

족지화

서 장 원

    겨울 추위가 아무리 매서워도 봄바람을 거스를 수는 없는 법. 봄기운이 서서히 대지에 스며들 때면 땅거죽을 뚫고 연둣빛 새 생명이 솟아나고 온갖 화초가 경연을 벌이기 시작한다. 그 무렵이면 거리에도 눈길을 끄는 꽃들이 나타난다. 개나리나 영산홍과 벚꽃 등을 흔히 보게 된다. 그 화려한 꽃의 군무群舞가 시나브로 사위어 갈 즈음이면 초여름이 달려들고 거리에는 또 다른 꽃이 피어나기 시작한다.

    이 꽃은 칠팔월에 활개를 치며 저마다의 자태를 뽐낸다. 무더위가 절정에 이를 때면 거리마다 넘쳐나다가 초가을에 접어들어 선선한 바람이 건들거리면 서서히 자취를 감춘다. 제법 찬 기운이 옷깃을 여미게 할 즈음이면 꼭꼭 숨어들어 눈을 씻고 봐도 보이지 않는다. 산야의 꽃들이 다 제철이 있듯이 이 꽃도 피고 질 때를 아는 걸까. 나는 이 꽃을 족지화足指花라 부르고 싶다.

여름 한가운데로 다가갈수록 치솟는 수은주에 비례해서 여인들의 차림새는 더욱 과감해진다. 팔등신 미녀의 투명한 피부와 멋진 각선미에 꽃사슴 같은 걸음새는 뭇시선을 사로잡는다. 무도장의 무녀舞女가 나풀대는 춤사위를 떠올린다. 그 위로 스치는 살랑 바람은 보는 이에게 호강을 한줌 더 얹어 주는 셈이다.

어디서건 여인들의 맨발을 쉽게 볼 수 있다. 샌들을 신었다고 해 봐야 대개 발목이나 발허리에 걸치는 가느다란 실오라기 하나에 의지해 매달려 있다. 다섯 발가락이 그대로 드러난다. 특히 전철 안에서 무심코 시선을 돌리다 보면 내 눈은 어느새 그곳에 가 있다.

미모의 한 젊은 여자가 맞은편에 와 앉는다. 잠자리 날개 같은 블라우스에 짧은 치마, 그리고 미끈한 다리 밑으로 드러난 맨발. 거기에 다섯 개의 발가락이 시선을 끈다. 참 정갈하다. 입혀 놓은 때깔도 곱다. 각선미를 뽐내는 포즈에 가지런히 놓인 발가락과 발톱, 그 발톱 위의 화장이 화려하다. 샌들 안에 다섯 자매가 나란히 앉아 있는 것 같다.

요즘에도 봉숭아 꽃잎을 이겨서 손톱 발톱에 물들이는 여인들이 있는지 모르겠다. 예전에는 초여름이 되면 앳된 소녀부터 성숙한 여인네까지 어스름 달빛 아래 둘러앉아 봉숭아 꽃물을 들였다.

꽃잎을 백반과 함께 찧어서 손톱에 올려놓고 칡이나 아주까리 잎사귀로 싸맨 다음 실로 묶었다. 그런 날이면 설레는 마음으로 잠이나 제대로 잤을까. 아침이면 꽃잎 묶음은 어디로 가고 손톱 언저리까지 붉게 물들어서 소녀를 미소 짓게 했다. 거기에 억척빼기 여동생은 발톱에도 물을 들였다. 그 발톱을 내밀며 밝게 웃던 모습이 환하게 떠올랐다.

옛 생각을 떨쳐 버리고 둘러보니 족지화가 여기저기 피어 있다. 파란 바탕에 반짝이를 입힌 꽃도 있고 다섯 송이 제각각 알록달록 치장을 한 멋쟁이도 있다. 그런가 하면 맏이에게만 화사한 화장을 해 주고 나머지는 민얼굴 그대로인 자매들도 있다. 동생들이 시샘을 하거나 볼멘소리를 중얼거릴지도 모르겠다는 생각이 든다. 두런두런 수다 소리가 들리는 듯하다.

'애, 난 네 큰 키가 부러워. 날씬하기도 하고.'

'언니는 언제나 화장을 예쁘게 하잖아. 키만 크면 뭐해.'

'그래도 우리는 참 행복한 거야. 우리 다섯 자매가 다 건강하고 반듯하잖아.'

다섯이 다 같은 차림새가 있는가 하면 아무 화장기도 없는 소탈한 모습도 있다. 그런 청신하고 해맑은 분위기에 더 호감이 가기도 한다.

'아이구, 이 아가씨들은 민얼굴이네. 수더분하니 화장기 하나 없는 게 오히려 보기 좋구면.'

'아니에요. 우리도 화장하고 싶은데 안 해 주니 어쩌겠어요.'

그런 수다를 상상하고 있는데 어디선가 향긋한 냄새가 코끝에 스친다. 옆자리 여인에게서 풍겨오는 향기는 마치 족지화가 보내는 유혹의 손길만 같다. 혹자는 여인의 발에서 관능미를 느낀다고 했던가. 조금은 풀어진 듯한 그녀의 몸매와 화려하게 단장한 발이 자못 섹시하기까지 하다. 고개를 돌려 허공을 바라본다.

날씨가 서늘해지면서 거리를 수놓던 그 많은 족지화도 슬슬 모습을 감춘다. 조금 더 쌀쌀해지면 다들 겨울잠에 들겠지. 한겨울에 얼굴을 내놓고 있다가는 얼음꽃 신세가 될 터이니 영하의 기온에 민낯을 내미는 아둔한 짓을 하지는 않을 것이다.

나는 여인들의 발톱 화장에서 욕망과 꿈과 허영을 읽는다. 거기에는 그녀들만의 삶이 녹아 있다. 한없이 아름다워지고 싶은 욕망, 동화 속 멋진 왕자님을 만나고 싶은 꿈, 그런 욕망과 꿈은 이루어질 수 없는 신기루라는 것을 알면서도 떨쳐 버리지 못하는 여인들의 허영이 한데 엉겨 있다. 그러나 우리 남정네의 삶이 여성과 함께 가야 하는 한 그 허영의 나래까지도 감싸안아야 하리.

세상에는 자연 생태계부터 인간의 얼굴에까지 수많은 꽃들이 피고 지지만 가장 관능적이고 아름다운 꽃은 여인네 발가락에 핀 꽃, 바로 족지화가 아닐까. 그 꽃은 그녀에게는 그 무엇보다도 소중하게 품에 안고 픈 삶의 활력소가 될 것이다. 나는 그렇게 믿는다.

17번 부표

서 민 웅

작은 유람선 한 척이 인천 연안 부두 앞바다 17번 부표를 천천히 돌며 기적을 세 번 길게 울렸다. 그러고는 부두 쪽으로 속도를 높였다. 기적 소리는 작은아버지의 장례를 마치고 영혼께 드리는 예였다.

사촌 여동생 전화가 온 것은 이틀 전이었다. 며칠 전 할아버지 제삿날, 작은아버지가 많이 편찮아 참례하지 못하셨었다. 언뜻 불길한 예감이 스쳤다. 빈소는 두 누이동생이 지키고 있었다. 힘겨웠던 한 생애를 내려놓으신 작은아버지는 국화꽃에 둘러싸인 영정사진 속에서 빨간 넥타이를 매고 환하게 웃고 계셨다. 마치 이력서에 붙이려고 찍은 사진 같았다. 십팔 년 전 칠순 때 찍은 사진이라 했다.

빈소에서 잠깐 잠이 들었다가 깨어 보니 새벽 네 시였다. 모두 깊은 잠에 빠져 있어 나 혼자 의자에 앉아 영정을 망연히 바라보았다. 에어컨 바람이 향과 촛대가 놓인 쪽으로 불어 향은 빨리 타 내려가며 연기를 내고 촛불은 이리저리 일렁거렸다. 흐린 조명과 짙은 향내가 빈소 특유의 분위기를 더해 주었다. 향이 타면서 흔들리는 연기를 타고 어릴 적 일이 하나둘 떠올랐다.

초등학교 1학년 여름이었던 것 같다. 새벽녘, 안방 뒷문을 조용히 두드리는 소리에 잠이 깼다. 잠귀 밝은 할머니가 먼저 깨어 작은 목소리로 누구냐고 물으며 항상 잠가두었던 문고리를 조심스럽게 벗겼다. 거기에는 의용군으로 끌려갔던 작은아버지가 누더기를 걸치고 우뚝 서 있었다. 뜻밖이었다. 할머니가 밤낮으로 애타게 기다리던 아들이었다.

작은아버지가 의용군을 탈출한 것은 목숨을 건 일이었다. 대열을 맞춰 북으로 끌려가다가 감시병이 한눈을 파는 사이에 길옆 키 큰 수수밭으로 있는 힘을 다해 내달렸다고 한다. 다급하게 쏘아대는 인민군의 장총 소리가 요란하게 울렸다. 끌려가서 죽으나 탈출하다 죽으나 마찬가지라는 생각에 죽을힘을 다해 수수밭 속으로 마구 내달렸다. 감시병들은 대열을 이룬 다른 의용군들이 도망칠까 봐 뒤따라오지는 못했다. 겨우 목숨을 건진 뒤 퍼붓는 포탄 속을 걸어서 집에까지 온 이야기는 정말 눈물겨웠다.

고향 마을에 돌아와서도 빨갱이의 눈을 피해 낮에는 산에 숨어 있다가 새벽에 몰래 담을 넘어 뒷문을 두드린 것이었다. 할머니는 하늘이 도와 천만다행으로 목숨을 부지했다고 하셨다. 누구보다도 가장 기쁜 사람은 작은어머니였으리라.

그 뒤 얼마 되지 않아 작은아버지는 국방군에 입대하여 강원도 전선에서 인민군과 싸웠다. 그 무렵 작은어머니는 작은아버지가 소속된 20사단 마크를 수놓으며 많은 날을 보냈다. 남편이 살아 돌아오기를 기원하며 한 땀 한 땀 수를 놓았을 것이다. 또 겨울에는 남편은 사지에서 생사를 걸고 싸우는데 어떻게 편히 잘 수 있느냐며 맨바닥에서 잠을 잤다.

전쟁이 끝난 뒤 어느 날이었다. 어머니는 국수 반죽을 치대고, 나는 그 옆에 턱을 괴고 앉아 있었다. 국수를 썰고 나면 꼬리는 으레 내 차지였으니까. 그때 마실 온 옆집 아주머니가 혼잣말처럼 말끝을 흐렸다.

"양자는 둘째를 보내야 한다는데….."

어머니는 아무런 말씀이 없었다. 그러자 그 아주머니는 또 말을 이었다.

"맏이는 안 되니까 둘째가 가야 되지유?"

말끝에 나를 흘끔 쳐다보았다. 그때야 어머니는 대꾸했다.

"본인들이 아무 말도 없는데 뭘!"

그 얘기는 나를 두고 하는 말이었다. 이어서 어머니는 양자는 작은집에서 큰집으로 올려보내기는 해도 큰집에서 작은집으로 내려보낼 수는 없다고 단호하게 말씀하셨다. 어머니의 어투를 보아도 나를 양자로 보내기 싫은 게 분명했다. 앞집에 사는 작은아버지는 결혼한 지 십여 년이 되었는데도 아이가 없었다. 그래서 나를 작은집에 양자를 보내야 하지 않겠느냐는 옆집 아주머니의 얘기였다.

그때부터 어린 마음에 양자 이야기가 다시 불거져 나올까 봐 은근히 걱정되었다. 겁이 났고 어머니를 떠난다는 게 싫었다. 양자 얘기나 나온다면 무조건 가지 않겠다고 떼를 써야지 하고 단단히 마음을 다졌다. 그러다가도 만일 어른들이 모두 그렇게 해야 한다면 어쩌지, 작은 가슴은 늘 조마조마했다. 정 어쩔 수 없으면 작은집 양자로 정하기만 하고 집에서 엄마하고 살아야지, 이것만은 양보할 수 없는 내 결심이었다.

그렇게 한 해를 넘겼을 때 작은어머니에게 태기가 있었다. 결혼한 지 오랜만에 아기를 가졌다고 온 동네에 화젯거리가 되었다. 작은집에서도 양자 생각을 하고 있었는지 아닌지 나는 모른다. 그 이후 양자 얘기는 다시 나오지 않았다. 내 걱정은 검은 구름이 잔뜩 끼었던 하늘에 갑자기 햇살이 비치듯 그렇게 사라졌다.

작은아버지의 이승에서의 마지막 새벽 시간, 사진은 평소처럼 웃는 표정으로 나를 바라보고 계셨다. 저분과 그런 인연이 사실로 되었다면 내가 상주로서 조문객을 맞고 있을 텐데…. 이제 어머니와 작은아버지 내외는 세상을 달리하셔서 나의 양자 얘기를 아는 사람은 아마도 나뿐일지도 모른다.

그날 아침, 참전용사에게 주는 대형 태극기에 싸인 시신은 화장 후 폭우 속에 인천항으로 향했다. 영원히 자연으로 돌아가는 곳은 바다였다. 지난해 이맘때쯤 먼저 돌아가신 작은어머니가 이미 가 계신 바다, 연안 부두 17번 부표 인근 바다에 해수장을 했기 때문이다.

나는 그때까지도 온기가 남아 있는 푸석한 뼛가루를 한 움큼 집어 뱃전에서 바닷물에 뿌렸다. 작은아버지 내외는 한 해 사이를 두고 돌아가셨지만, 인천 바다에서 다시 만나게 되었다. 작은어머니는 뒤따라오는 남편을 어디선가 마중하고 계셨을 것이다.

유람선은 그곳을 떠났다. 한때는 북쪽을 위한 의용군이었고, 또 한때는 대한민국을 지킨 참전용사였으며, 어쩌면 내 양아버지가 될 뻔하기도 했던 그분은 그렇게 자연으로 마지막 유람을 떠나셨다. 나는 쏟아지는 폭우 속에 부표를 한 바퀴 도는 유람선에서 17번을 망연히 바라보며 그 장소를 잊지 않으려고 깊이 마음에 담았다.

경자 언니

왕 　　린

　어릴 적에 살던 집 울안에는 위뜸 저수지에서 흘러나온 물이 흘렀다. 개울 옆에는 작은 정자도 있었다.
　동네 입구의 정자가 남자들 쉼터라면, 우리 집 정자와 개울가는 여자들 수다방이었다. 낮에는 푸성귀가 든 소쿠리나 빨래 보따리를, 저녁에는 목욕 바구니에 이야깃주머니를 담아 그곳으로 왔다. 밤낮으로 사람이 끊이지 않아 대문 빗장이 걸릴 새가 없었다.
　무더운 여름, 저녁 어스름이 내리고 사람들이 모여들 때가 되면 아버지는 정자 옆에 모깃불을 피웠다. 나는 연기에 질색하면서도 늘 그곳에 남고 싶어 했다. 언니들의 이야기를 엿듣는 것도 좋았지만, 엄마 말대로 세상 얌전쟁이들이 어둠 속 개울가에만 오면 딴판으로 변하는 게 재미있었다.

엄마는 정자에서 낮에 못다 한 일들을 했는데, 경자 언니는 그 일을 도우러 오곤 했다. 그날도 땀으로 번들대는 이마를 손등으로 닦으며 정자에 들어선 언니는 고구마순이 담긴 소쿠리부터 차고 앉았다. 옆에서 뱃살 다 드러내고 부채질을 하고 있던 순덕 엄마가 벌떡 일어나 언니 손을 잡아끌었다. 급할 거 하나 없으니 개울에서 땀 좀 식히고 하라며. 언니가 고개를 저으며 손을 빼내자, 순덕 엄마는 내놓은 손이 민망한지 나를 끌고 개울로 갔다.

개울가에 있던 여자들은 우리가 앉을 자리를 터주며, 경자 그러는 거 하루 이틀도 아닌데 공연히 그러지 말라고 했다. 순덕 엄마가 목소리를 죽이며 말했다.

"이쁘니까 그러제. 핑계 참에 속살 한번 볼까 했드만."

"속살은 뭔, 목소리나 한번 들어봤으면 좋겠네."

"참말 그러네이. 목소리 들어본 게 언제여. 쪼깐할 땐 얼매나 양글었어."

"저승의 지 할매는 여티 저러능 거 알랑가 몰라."

"금메 말이요. 쟈가 뭔 죄라고."

"그려. 대를 끊어 논 년이라고 무쟈게도 몰아붙였지."

"지 동상 귀신에 씌어 그런다는 말도 있드만."

옆에서 가만히 듣고 있던 미옥 엄마가 말을 잘랐다.

"아이고, 닷 살 먹도록 키운 삼대독자가 우물가에서 놀다 죽었으니 그 양반인들 오죽했것어. 지난 야그는 그만들 허고 내 등이

나 잠 밀소."

무슨 말이 또 나오려나 했는데 미옥 엄마가 방패를 치는 바람에 화살은 딴 데로 갔다.

"요짐 전주댁 얼굴이 날로 날로 피든디 뭔 존 일 있다이아?"

"어메, 무담시 왜 그러요. 이녁야말로 깨소금 없이도 산담서 그 야그 잠 해 보소."

여자들은 찰박찰박 물소리를 내며 한참을 떠들고 웃다가 누군가 찬밥 한 종발 물 말아먹고 왔더니 허기가 진다는 말에 서둘러 물 밖으로 나갔다.

개울을 벗어난 여인네들이 정자로 올라가 찐 감자를 앞에 놓고 앉자 한쪽에서 도란거리던 언니들이 물가로 내려왔다. 언니들은 대야에 숨겨온 것을 빨면서 내 눈치를 보며 물소리를 죽였고, 숨 넘어갈 듯 깔깔거릴 때와 다르게 내숭을 떨었다. 어둠 속을 흐르는 개울물만 솔밭 치듯 졸졸거리며 흘러갔다. 일을 끝낸 경자 언니는 냇가를 내려다보며 고냥 앉아 있더니만 언제 가버렸는지 보이지 않았다.

경자 언니는 우리 뒷집에 살았다. 뒷마루에 서면 바로 보이는 파란 대문 집, 비질 잘 된 마당 한편에 꽃밭이 있는 집이 언니네 집이었다. 언니네 부모님은 읍내 병원에 일해 주러 다니느라 해 뜨기 전에 나가서 해가 져야 돌아온다고 했다. 엄마는 칼국수를 민다거나 수제비를 뜰 때면 혼자 있는 언니를 불러오라고 했고, 비가 오는 날 부침개라도 하면 꼭 언니 몫을 챙겨 갖다 주라고 했다.

식구가 많고 드나드는 사람이 많아 늘 번잡한 우리 집과 달리 언니네 집은 언제 가도 군것진 거 하나 없이 깨끗하고 조용했다. 동네에서 가장 예쁘다고 소문난 꽃들이 주인보다 먼저 반겨 주고, 열어 둔 문 사이로 달개비꽃 자수가 놓인 옥양목 커튼이 보이고, 끊어질 듯 이어지는 클래식 음악이 들리면 나는 이미 별세계로 초대된 것이었다. 내외가 농사는 안 짓고 읍내로 일 다니더니 도시물이 단단히 들었다고 흉보는 사람도 있었지만, 나는 그런 언니네가 좋았다. 우리 집에서는 동생한테 뺏기지 않으려 뭐든 한방에 털어먹어야 했는데, 그 집에 가면 그럴 필요가 없었다.

경자 언니는 동네 또래들과 분위기부터 달랐다. 책을 읽고 글을 쓰는 여자였다. 언니의 방 시멘트 포대를 바른 사과 궤짝 위에는 삼촌이 보내 준다는 책이 잔뜩 쌓여 있었다. 강의록으로 공부해서 고졸 자격을 땄지만, 제 삼촌 덕에 누구보다 나은 실력을 갖췄다는 말들을 했다. 도대체 말을 안 해 답답하긴 해도 심성은 그만이라며 며느리로 점찍는 사람도 있었다. 연정을 품은 총각도 한둘이 아니었다. 고샅에서 휘파람 소리가 들리면 경자가 지나가고 있을 거라고 말할 정도였다. 나도 동네 언니 중 경자 언니를 제일 좋아했다.

5학년 여름 방학이 끝나갈 무렵, 비가 그친 하늘은 더없이 파랗고 이러다 가을이 오나 싶게 바람 선선하던 날, 마을의 잠자리들이 모두 우리 집 우물가로 모여든 것처럼 떼를 지어 날고 있었다. 어깨동무도 아니고 발목 걸기도 아닌, 이상한 모양으로 짝을 진 놈들이 채 한번 휘두르면 무더기로 잡힐 것같이 눈앞에서 뱅뱅거렸다. 우물 가장자리에 앉은 한 쌍. 고추잠자리는 배 끝을 오므려 된장잠자리의 머리채를 움켜쥐고, 머리채를 잡힌 된장잠자리는 몸을 동그랗게 구부려 고추잠자리의 가슴을 부여잡고. 사람이 옆에 있는데도 뵈는 게 없는지 꼼짝 않고 붙어 있는 놈들을 향해 채를 날렸다.

"안 돼!"

벼락같은 소리에 나는 그만 우물가에 주저앉고 말았다. 잠자리를 낚아챘는지 어쨌는지는 모르겠다. 그 목소리의 주인공이 경자 언니라는 것을 알고 까무러치는 줄 알았으니까. 정신을 차려보니 언니는 자기 입을 틀어막고 겁먹은 눈으로 나를 보고 있었다. 언니는 나를 세워 안으면서 혼자 웅얼거렸다. 여차하면 눈물을 쏟아 낼 것처럼 눈에 눈물을 매달고.

잠자리 사건 이후 언니는 단둘이 있을 때면 자연스럽게 내게 말을 시켰다. 더듬거나 어눌하지도 않았다. 책을 읽어 줄 때는 시냇가 물 흐르는 소리처럼 더욱 맑고 또랑또랑했다.

언니가 내게 말을 트고부터 나는 중뿔나게 언니네 집을 드나들었다. 언니도 그러길 원했고, 나도 언니가 더 좋아졌다. 그날도 학교에서 돌아오기 바쁘게 동생을 따돌리고 언니네로 갔다. 언니는 기다렸다는 듯 나를 반기더니 내 또래의 슬프고 아름다운 이야기 하나 들려주겠다며 늘 끼고 살던 노트를 펴서 읽기 시작했다.

"윤 초시의 손녀가 단발머리를 나풀거리며 갈밭 사이로 걸어가고, 물 불어난 개울을 건너기 위해 소년의 등에 업혀 목을 끌어안고…."

글 내용보다 읽고 있는 언니 모습이 더 애절해 보였다. 언니는, 자신이 죽거든 입던 옷 그대로 묻어 달라는 소녀의 마지막 말이 무슨 뜻인지 알겠느냐고 내게 물었다. 어렴풋하고 아스라해서 머뭇머뭇하다 웃었던가 말았던가. 언니는 깨알같이 적힌 노트를 한 장 한 장 넘기며 이런 글을 쓰고 싶으면 책을 많이 읽으라고 했다. 나 들으라고 하는 말인데 언니 자신한테 하는 다짐으로 들렸다.

노트를 덮은 언니는 카세트 라디오를 켜며 이제 커피 타임 할까, 하고 말했다. 커피 타임이라는 말이 그렇게 세련되게 들릴 수가 없었다. 애들이 많이 마시면 머리가 나빠진다며 설탕과 시커먼 가루를 조금 넣은 것 같은데, 달콤 쌉싸래한 맛이 나를 사로잡았다. 언니 흉내를 내어 잔을 두 손으로 받쳐 들고 오래전부터 익숙하게 마셔온 사람처럼 아껴가며 조금씩 삼켰다. 라디오에서 잔잔히 흘러나오다 어느 순간 치달아 오른 피아노 소리 때문이었을까, 언니가 움직일 때마다 솔솔 풍기는 은은한 향기 때문이었을까. 커피를 홀짝거리며 앉아 있을 뿐인데, 들을 때는 알쏭달쏭하던 내용을, 가끔 생각에 잠겨 있곤 하던 언니의 마음을 어쩐지 알 것만 같았다.

커피를 마셔도 취하는지 집으로 가는 발걸음이 동동 떠 있었다. 그 느낌이 싫지 않았다. 배가 고프지도 않았다. 어서 자라 언니만큼 예쁜 처녀가 되고 싶었다. 윤 초시의 손녀처럼 울안 냇가 징검돌을 팔짝팔짝 건너 막 뜰에 들어서는데 우물가에서 막냇동생을 허리에 매달고 채소를 씻고 있던 엄마가 소리쳤다.

"하루 점드락 어딜 싸댕기다 인제 와? 애 좀 보란 말을 콧등으로 들은 겨?"

"경자 언니네 간다고 했잖어."

"긍게, 뭣 땜에 거기는 갔쌌냐고?"

"숙제도 허고…. 오늘은 언니가 쓴 것도 읽어 줬당게."

"살다 살다 별소릴 다 듣겄다이. 경자 가가 말을 안 한 지가 언젠디 뭘 워치케 읽어 줘?"

엄마는 그렇게 거짓말을 하다 이담에 뭐가 되려고 그러냐며 쥐어박는 시늉까지 했다.

이튿날, 아버지는 경자가 정말로 무얼 읽어 주더냐고 내게 물었다. 고개를 끄떡이는 순간 글을 읽어 줬다는 말은 아무한테도 하지 말라던 언니의 말이 떠올랐다. 무슨 말인가를 더 하려는 듯 나를 물끄러미 바라보는 아버지를 피해 방을 나와 버렸다.

시간이 한참 지나서야 언니가 읽어 준 글이 황순원의 「소나기」였다는 것을 알게 되었다. 베낀 것을 언니가 지어낸 것인 양 읽어 줬다는 것에 놀랐지만, 말을 처음 들었을 때처럼 언니의 비밀을 나눠 가진 것 같아 은근히 기분이 좋았다.

나는 언제부터인가 아버지가 읽고 난 신문을 언니한테 갖다 주곤 했다. 언니가 우리 집에 올 때마다 신문을 읽고 간다는 것을 알고 아버지가 시킨 일이었다. 그날도 신문을 들고 언니네로 갔다. 언니는 내가 다가가는 것도 모르고 고개를 수그리고 뭔가를 뚫어지게 보고 있었다. 살금살금 걸어가 언니 앞에 오뚝 섰다. 그것이 그렇게나 놀랄 일이었을까. 언니는 손에 쥔 것을 떨어뜨리고 말았다.

이마가 시원한 한 남자가 내 발등 위에서 웃고 있었다. 그것을 주우려 하자 언니는 나를 거칠게 밀어내고 천천히 아주 천천히 움직여 사진을 주워들었다. 머쓱해진 나는 마루 끝에 슬그머니 신문을 놓고 그 집을 나오고 말았다.

어느 장날, 울 뒤 텃논 두렁에 앉아 장에 간 엄마를 기다리고 있을 때였다. 개울가에 있던 경자 언니가 집으로 가다 말고 내 옆으로 와서 앉았다. 머리를 감았는지 긴 머리가 닿은 웃옷이 축축한 채였다. 지는 해에 하늘은 붉게 타고, 언니 얼굴도 볼그레해 보였다. 언니는 머리 물기를 대충 털어 내더니 빗질을 하기 시작했다. 검고 긴 머리카락에 빗이 지나갈 때마다 작은 물방울이 내 볼을 스쳤다. 연신 빗질을 하고는 있었지만, 물이 튀는 것도 모르는 눈치였다. 좀체 말도 없었다. 유난히 짙은 먼 산 그림자 속에 눈을 박고 한숨만 내쉬고 있었다.

그 일이 있고 며칠 지나지 않아서였다. 하늘 끄느름하고 구름 낮게 내려앉아 금방이라도 비를 뿌릴 것 같은 해거름, 비 단속하러 개울가로 가는 엄마를 따라갔다. 시끌벅적하던 아이들이 떠난 정자는 속이 다 털려 간신히 지붕을 떠받치고 있는 것 같았다. 그 허전함을 달래듯 새들이 울어대고 있었다. 시냇가 끝으로 희부연 빛이 풀려 자우룩하고, 촘촘한 대나무밭에서 서로의 몸 부딪쳐 내는 소리가 유난히 크게 들렸다. 그 풍경 속에 날씨만큼이나 신산해 보이는 한 여자가 빨랫돌 위에 앉아 있었다. 가까이 가서 보니 경자 언니였다.

언니는 우리가 다가가는 것도 모르는 눈치였다. 윤기 자르르하던 긴 머리는 아무렇게나 잘려나가 부스스하고 옷매무새도 흐트러져 있었다. 엄마가 기척을 하자 그제야 기겁을 하고 부리나케 머릿수건을 둘러썼다. 그리고 자신의 무릎에 얼굴을 묻었다.

엄마가 언니를 가만히 보듬어 안았다. 언니의 어깨가 들썩이기 시작했다. 울음이 새어 나왔다. 울음이라기보다는, 저 밑바닥에 한껏 억눌려 있다가 오장을 긁고 목구멍을 빠져나온, 신음 같기도 하고 괴성 같기도 한 소리였다.

가슴은 방망이질을 해대는데 문득 내 발등에서 웃고 있던 남자 얼굴이 떠올랐다. 언니를 찾아갔다가 몇 번이나 허탕을 치고 온 일도 떠올랐다. 아무리 무섭고 절박해도 언니를 위해서 내가 할 수 있는 일은 아무것도 없었다. 가슴만 먹먹했다. 이러지도 저러지도 못하고 안마당 쪽을 향해 걸어가는데 눈치 없는 매미들의 자지러지는 울음소리만 귓전을 파고들었다. 채소밭을 지나 뒤돌아보자 서쪽 하늘의 먹장구름이 금세라도 나를 덮칠 것만 같았다.

경자 언니는 오랫동안 펜팔 하던 남자와 만나고 다니다 들켜서 머리카락을 잘리고 집에 감금되어 있었다는 것이다.

얼마 후, 언니가 집을 나갔다는 말이 들렸다. 벌렁거리는 가슴이 진정되지도 않았는데, 읍내 시장통에서 누군가가 경자 언니와 다리 저는 남자가 같이 가는 것을 봤다는 말이 마른 솔가지에 불옮아 붙듯 온 마을에 퍼졌다.

언니가 사라진 후 나는 말을 잃었다. 도무지 말이 하기 싫었다. 언니의 짐승 같은 울음소리와 뭉텅뭉텅 잘려나간 머리카락이 떠오르면 서글프고 혼란스러웠다. 뒷마루에 서서 언니네 집을 넘겨다보는 일이 잦아졌다. 땅거미가 밀려오면 정자에 가서 혹시 언니가 나타나지 않나 기다리기도 했다. 동동거리던 피아노 선율이 들릴 것 같아 경자 언니네 집을 일부러 지나치며 귀를 세웠다. 파란 대문 굳게 닫힌 절간 같은 집을 확인하고 돌아서는 마음이 여간 쓸쓸하지 않았다.

정자에서 거리낌 없이 남자아이들과 어울려 놀던 것도 시시해졌다. 어둠이 내린 냇가에서 여자들의 시시덕거리는 소리도 궁금하지 않았다. 요즘 하는 짓이 꼭 정신 나간 년 같다는 엄마 말에 명치끝을 묵직하게 긋고 지나가는 통증이 느껴졌다. 경자 언니를 대신해 줄 그 무엇도 찾지 못한 채 바짝 말라가는 몸에서 가슴 몽우리가 아프게 잡혔다.

언니가 사라진 이듬해 서울로 이사한 우리는 어떤 소문조차 들을 수 없게 되었다.

살면서 많은 사람을 만났다. 마음을 쉽게 열지 못해 오해를 받고 상처를 받기도 했다. 그럴 때마다 내 마음의 빗장을 더 단단하게 걸고 그 안에 갇혀 지냈다. 그러면서도 나 있는 그대로를 받아주는 사람한테는 한없이 풀어져 잠재되어 있는 아픔까지 치유되는 걸 느꼈다. 예전에 경자 언니가 그랬듯 책을 읽고 글을 쓰면서 내가 건 빗장을 여는 방법까지 터득해 갔다. 나는 그 시절의 언니처럼 음악을 좋아한다. 잠에 방해될 정도로 커피를 즐겨 마신다. 언니처럼 남의 글을 베껴 보기도 한다. 좋은 글을 쓰고 싶다는 꿈도 꾼다.

강산이 변해도 몇 번은 변했을 지금, 나는 경자 언니를 글 속에서 만난다. 어쩌다 수필 동네에 이름을 걸었고, 그런 인연으로 누군가의 수필집을 받을 때마다 책날개 사진을 유심히 살피는 버릇도 생겼다. 비록 언니의 얼굴은 아닐지라도 진심 어린 마음으로 따뜻한 글을 쓴 그들 모두가 나한테는 경자 언니다.

방귀쟁이 삼촌

최 문 정

할머니가 우리집에 오시면 나는 할머니를 따라 시골 외가에 가곤 했다. 시골에는 외삼촌이 다섯 분이 있다. 나와 놀 수 있는 삼촌은 나보다 세 살 위인 막내와 그 위인 넷째 삼촌이다. 그 삼촌만 생각하면 지금도 시골의 기억들이 마치 가마솥에서 일어나는 누룽지처럼 쫙 떠오른다. 어릴 때 이후론 그를 본 적이 없기 때문일 것이다.

그 삼촌은 짓궂기로 유명했다. 어른들은 싱겁다고 했다. 삼촌의 장난기는 막둥이 삼촌을 울리는 것부터 시작했다. 그래서 막내는 울보였다. 실은 안 울 수도 없었을 것이다. 형이란 사람이 같이 잘 놀다가 슬그머니 일어나 엉덩이를 막둥이 입에 대고 붕 하고 대포를 쏘아대면 까칠하고 결벽증까지 있는 막둥이는 길길이 뛸 수밖에. 입안의 방귀 냄새를 옷소매로 수없이 닦으며 울어대면 또 어른들한테 시끄럽다고 혼이 났다. 왜 그리 막둥이를 울렸는지 모르지만 그 방귀는 마음만 먹으면 수시로 나왔고, 그래서 나는 넷째 삼촌을 방귀쟁이라 불렀다.

우리는 그렇게 별명을 하나씩 갖고 있었다. 나는 별명을 부르면서 삼촌들을 졸졸 따라다녔다. 그 삼촌은 짓궂기는 해도 절대 화를 내는 일이 없고, 막둥이와 내가 뭘 해 달라고 하면 거절한 적도 없었다. 뚝딱하면 무엇이든 잘 만들었는데 특히 겨울철 썰매는 일품이었다. 우리가 삼촌이 만들어 준 썰매를 타고 얼음 위에서 씽씽 달리면 동네 애들이 모두 부러워했다. 어른들은 그 삼촌을 보고 손재주가 많다고 했다.

삼촌은 할아버지 농사일을 거들었다. 내가 대여섯 살 안팎이었으니 삼촌은 열두어 살이 아니었나 싶다. 종일 밭에서 할아버지 일을 돕다가 집에 오기 무섭게 씻는 둥 마는 둥 책상 밑으로 달려갔다. 그곳에는 삼촌의 놀잇감이 있었다. 두꺼운 종이로 만든 트럭과 지프차였는데 장기알같이 작은 것을 병사, 큰 것은 장성이라며 별을 붙여, 청색 홍색으로 나누어 서로 공격하는 놀이였다. 비록 두꺼운 골판지로 만든 트럭이요 지프지만 실제 차처럼 바퀴도 달아 전진도 하고 후진도 했다. 지프차뿐 아니라 군용 트럭도 만들었다. 운전석 뒤에는 의자도 있었다. 나는 옆에 쪼그리고 앉아 그 차들이 굴러다니는 게 너무 신기해서 눈도 떼지 않고 보곤 했다.

소를 먹이러 갈 때도 삼촌을 따라갔다. 고삐를 나무에 길게 묶어

놓고 작은 나뭇가지를 주물러 속대를 뽑아내고 호드기를 만들어 주었지만 아무리 가르쳐 주어도 삼촌처럼 소리를 내지 못했다. 내가 제대로 소리를 낼 수 있을 때쯤 해서 삼촌이 서울 우리 집으로 왔다. 그리고 며칠이 지났다. 하루는 삼촌이 책상에 엎드려서 너무도 섧게 울고 있었다. 나도 덩달아 슬퍼서 옆에 쪼그리고 앉아 있었는데, 당시 일본 사람도 들어가기 힘들다는 유명한 중학교 필기시험에 합격했는데 면접에서 떨어졌다는 것이다. 외할아버지가 소작인인 것이 이유였다.

몇 년 후 외가는 모두 서울로 올라와 우리와 함께 살게 되었고, 그 삼촌은 지방에서 교편을 잡고 있던 셋째 삼촌에게로 갔다. 학교를 다니기 위해서였다.

그동안 농사일로 학교도 못 다닌 삼촌이 언제 그렇게 공부를 했는지 성적표가 오면 식구대로 돌아가며 보았다. 모두 감탄하고 뿌듯해하며 자랑스러워했다. 며칠이고 삼촌 얘기만 했다. 특히 수학을 뛰어나게 잘해 셋째 삼촌 친구 중 수학 선생 한 사람이 있었는데 그 친구는 매일 넷째 삼촌에게 수학을 배워가지고 수업을 한다는 대목에서는 모두 박장대소를 했다. 그때부터 삼촌 이야기가 나오면 그 얘기는 단골 메뉴로 떠올랐다. 방귀쟁이 삼촌은 온 가족에게 유일한 자랑이요 희망이었다.

머리가 좋은 사람은 콧물이 많은 걸까. 삼촌은 콧물이 많이 나오기로도 유명했다. 무엇을 열심히 할 때면 콧물이 길게 늘어져 떨어지기 직전까지 오면 그때서야 훌쩍 들이마셨다. 나는 그 콧물 늘어지는 것을 조마조마하게 내려다보다가 절묘하게 훌쩍 들이마시는 행동을 눈을 찌푸리며 보곤 했다. 그러다 방귀를 붕 쏘아대면 코를 막고 줄행랑을 쳤다. 그래도 콧물은 늘어질 뿐 떨어지는 것을 본 적은 한 번도 없다.

콧물을 흘리면서 형 밑에서 밥도 짓고 빨래도 하고, 그러면서 공부는 공부대로 뛰어나게 한 사람은 우리 방귀 삼촌 말고 또 있을까.

마음 좋고 머리 좋은 삼촌은 6·25가 나자 어머니에게 가겠다며 모두가 말리는데도 한사코 전쟁 중인 서울을 향해 떠났다는데, 그것이 삼촌에 관한 소식의 전부요 마지막이었다.

그 아들을 그리며 팔순이 넘게 사신 우리 할머니는 매일 그 아들 생사를 화투로 점을 치곤 했다. 죽었는지 살았는지 한숨을 쉬며 날마다 화투 점을 치시다 끝내는 그 아들 이름을 애절하게 부르며 손을 뻗어 허우적거리다가 운명하신 할머니는 아들에 대한 간절한 마음을 그렇게 내려놓고 떠나셨다.

지구 어딘가에 꼭 살아 있을 거라고 믿고 싶지만 그 삼촌도 지금은 돌아가실 나이가 다 됐다. 최근에 유일하게 친구처럼 지내던 막내 삼촌도 돌아가셨다. 어린 날의 방귀 삼촌 추억을 나눌 사람은 이제 내 주변에는 아무도 없다. 모두 떠난 것이다. 그 사실이 또 한 번 나를 슬프게 한다.

사진 한 장의 꿈

정 옥 순

사진 한 장을 보고 있다.

푸른 잎이 싱그러운 지난 오월, 문우들과 조병화 문학관에 갔을 때 교수님이 날 불러세워 얼떨결에 찍은 사진이다. 어느 날 그 사진이 나에게 말을 걸어왔다.

전시관에는 교탁과 마이크와 조병화 시인의 사진이 걸려 있다. 교탁 앞면에는 까만 바탕에 하얗게 '꿈' 이라는 글자가 쓰여 있다. 그 꿈이라는 글자를 안은 듯 서 있는 내 모습이다.

숨겨둔 것을 들켰을 때와 같이 가슴이 마구잡이로 뛴다. 저 밑바닥에 가라앉아 있던 것들이 스멀스멀 일어나 내 눈물샘을 자극한다. 회한인가, 꿈의 갈증에서일까. 산수傘壽에 가까운 내가 무슨 꿈을 꾸고 있느냐고, 꿈이 무슨 소용이냐고 사진 속의 내가 묻고 있다.

꿈! 그 하얀 글씨가 나에게 자꾸만 말을 걸어온다. 내 어릴 적 꿈은 '소년구락부'라는 잡지책을 갖는 것이었다. 그 속에는 바람의 날개가 퍼덕이고 있었다. 그 날개를 타고 이리저리 꿈을 꾸는 것이었다.

중학교 때 꿈은 시인이 되는 것이었다. 그러던 나는 신문사 신춘문예 시부문에 응모한 적이 있다. 가작으로 뽑혀 내 이름이 신문에 났을 때 나의 꿈이 이루어지는가 싶었다. 호서문학회장 심훈 선생, 시인 박용래, 박희선 선생의 가르침을 받으면서 문학의 꿈을 키워 나갔다.

그 바람에 펜팔 친구가 생겨 한 주일이 멀다 하고 편지를 주고받았다. 차츰 우정이 사랑으로까지 발전하는 것 같았다. 그러나 만나보지도 못한 채 6·25전쟁으로 문학 동지로서의 꿈은 사라져 버렸다.

그 후 세월은 흘러 나는 결혼을 했다. 그때부터 나의 푸른 꿈은 날개를 접은 채 세월 속으로 침잠해 버렸다.

꿈은 생활의 견인차가 아닐까. 내 어릴 적 꿈은 고작 월간 잡지책 하나 갖는 것이었으나, 요즘 아이들은 우주여행, 해저탐험, 대통령, 발명가, 학자, 정치가, 예술가, 기업가, 세계 제일의 부자처럼 큰 꿈을 꾼다. 그 꿈의 실현을 위해 온갖 노력을 다하여 외길을 가는 사람은 몇 명이나 될까.

사람들은 꿈을 키우고 꿈을 먹고 산다. 비록 꿈이 아닌 바람이라도 내 집을 장만해야지, 아들이 대학시험에 합격하기를, 이번에는 노래자랑에 장원해야지, 어떻게든 이 병을 고쳐야지, 이번 시합엔 반드시 이길 거야 하고. 그러나 대부분 이리 부딪치고 저리 깎이면서 꿈은 바람으로 주저앉고 자꾸만 작아져서 생활 속에 갇히고 만다.

지난해 자살한 사람이 천여 명이라는 보도에 입이 딱 벌어졌다. 어쩌면 그 많은 사람들이 꿈을 잃다니, 사람들은 그것이 무엇이든 이루어지기를 바라며 살아간다. 꿈이 있는 사람은 쉬지 않고 노력한다.

미국 어느 시골 가난한 집에 액자 하나가 걸려 있었다. 두 형제는 늘 그 "Dream is nowhere"라고 쓰여진 액자를 보며 자랐다. 그런데 형은 꿈은 아무 데도 없다Dream is no where고 읽었고, 아우는 꿈은 지금 여기 있다Dream is now here로 읽었다고 한다. '꿈은 없다'고 읽은 형은 가난한 농부 생활을 평생 면치 못했고, '꿈은 지금 여기 있다'로 읽은 아우는 유명한 의사가 되어 잘 살았다고 한다.

나는 사진 속의 나처럼 꿈을 안고 서 있는 사람이고 싶다. 어쩌면 이미 지나간 세월의 너울 속으로 씻겨 나간 꿈의 한 조각일지 모르겠지만, 그 꿈은 꼭 나를 일으켜 세울 것으로 믿고 싶다.

아직은 꿈을 버리지 말라고, 꿈을 안고 살아가라는 격려의 사진 한 장을 보고 또 보며 감회에 젖는다. 그건 아직도 내 가슴 바닥에 꿈이 남아 있다는 징표이기라도 할까.

소소한 기쁨

이 장 병

진홍 구름 사이로 붉은 해가 천천히 모습을 드러낸다.

"와, 아름답다."

붉은 햇살을 받은 어둑한 서울의 모습이 한 폭의 그림이다. 우리 아파트는 북한산 자락 높은 지대에 남동 방향으로 놓여 있어 겨울이면 베란다에서 매일 해돋이를 볼 수 있다. 그래서 가끔 너스레를 떤다.

"집 베란다에서 이렇게 아름다운 해돋이를 구경할 수 있는 것은 가난하여 높은 지대에 사는 남편 덕이네."

아내의 어이없어하는 표정, 허허 하고 웃어 버린다. 나도 따라 웃는다. 붉은 태양이 우리 부부의 환한 웃음을 싣고 둥그렇게 솟아오른다.

아침 식사를 끝낸 후다.

"여보, 커피."

아내가 커피 잔을 들고 온다. 커피를 마시며 자식 이야기, 이웃 소식 등 가벼운 대화를 한다. 세상 살아가는 데는 그렇게 무거운 이야기가 필요한 것은 아니다. 특별히 할 일이 있어 서두를 필요가 없는 우리는 마냥 게으름을 피우는 것이다.

평온함이 묻어 있는 은은한 커피 향이 코에 감긴다. 이럴 때의 즐거움이란 말로 설명할 수 없는, 그렇지만 경험한 사람은 다 알 수 있는, 그런 즐거움이다. 이런 소소한 기쁨을 소홀히 놓쳐 버리는 사람은 영원히 행복을 찾지 못할 것이다.

한겨울에 베란다의 쥐손이풀, 진주목걸이가 꽃을 피웠다.

"이 예쁜 꽃 좀 봐."

아내가 탄성을 지른다. 현관의 온기와 남동향 햇볕을 쬐어 계절을 착각한 모양이다. 집안에서 겨울에 꽃을 보다니, 아기 손톱만 한 크기의 연한 붉은색 쥐손이풀, 앙증맞은 노란색 진주목걸이 꽃에 시선을 떼지 못한다. 자꾸만 들여다본다. 뜻밖에 학창시절 정다운 친구를 만난 기쁨이랄까.

책상 앞에 앉아 있는데 아내가 부른다.

"아시안 게임 축구 경기 시작했어."

"응, 나 지금 바빠."

"당신 참 이상해졌어. 그렇게 좋아하는 축구도 안 보고 그래."

아내가 비꼬듯이 또 한마디 덧붙인다.

"베스트셀러 하나 쓰는 거야? 축구 보는 것보다 더 좋아?"

나는 못 들은 척 계속 자판을 두드린다. 한참 씨름한 끝에 명사를 꾸밀 적당한 형용사를 찾고, 마음에 드는 문장을 만들기 위해 지우고 다시 쓰기를 반복한다. 겨우 만들고 나니 지나치게 멋스러운 표현이라는 생각이 든다. 할 수 없이 『명문장의 조건』이란 책을 읽고 메모한 공책을 편다. 여러 번 고치기를 반복한 끝에 간결하다고 생각되는 문장을 만들고 혼자 싱글싱글한다. 아내가 들여다보고 고개를 갸우뚱한다.

"사람이 변하면 죽는다는데…."

아내를 따라 시장 가는 것이 즐겁다.

"시장 갈 때 나 좀 데리고 가."

젊은 혈기가 살아 있을 때는 남자의 수치라고 생각한 적도 있었는데, 지금은 오히려 데리고 가 달라고 간청을 한다. 시장 가자는 말이 떨어지기 무섭게 재빠르게 옷을 갈아입는다. 주로 가는 곳은 농협에서 운영하는 하나로 마트다. 이곳은 백화점과 달리 나와 비슷한 연배들이 많아 좋다. 아직은 푸른 채소밭의 싱그러움이 살아 있는 농산물이 반갑고, 수산물 코너의 비릿한 바다 냄새가 정겹다.

"자, 대구가 싸요. 한 마리에 3,500원, 찌갯거리 고등어를 절대 놓치지 마세요."

상인들의 호객 소리가 즐겁다. 나는 갓 상경한 시골뜨기마냥 이곳저곳을 두리번거린다.

"빨리 와."

아내의 주의에 얼른 카트를 밀고 따라붙는다. 아내가 맞보기를 집어 준다. 맛있게 먹는 나를 보고 손을 잡아끈다.

"오뎅 하나 먹을래?"

"당근이지."

나는 즐거워하는 마음을 들킨 것이 머쓱해서 웃고 만다. 따뜻한 오뎅 장국이 구수하다.

손자가 나를 보고 눈을 찡긋하며 점퍼 호주머니를 콕콕 찌른다.

"뭐 사달라고?"

나는 금방 눈치챈다. 딸네와 백화점 9층 음식점에서 점심을 먹고 에스컬레이터를 타고 지하 2층에 있는 주차장으로 내려오는 중이다. 손자가 귓속말로 대답한다.

"아이스크림."

작은 소리였지만 딸이 들었는지 호통을 친다.

"음식점에서 먹었잖아."

손자는 볼멘소리로 대답한다.

“그건 맛이 없어서 안 먹었단 말이야.”

세상 할아버지들의 부질없는 착각. 어쩐지 저놈이 나를 닮은 것 같은 생각이 든다. 얼른 손자 손을 잡고 아이스크림 가게로 간다. 딸이 할아버지 때문에 아이 버릇만 나빠진다고 핀잔한다. 나는 딸에게 말한다.

“그런 소리 하지 마라. 내가 무슨 재미로 사니, 저 녀석 모습 쳐다보는 이 늙은이의 기쁨을 막지 마라.”

아이스크림을 먹으며 즐거워하는 손자보다 내가 더 흐뭇하다.

문우회 회원들과 술자리를 즐긴다.

‘우리는 왜 이렇게 빨리 가까워졌을까?’

아마 사회적 · 경제적 수준이 대등하고 엇비슷한 연배여서 빠르게 친숙해졌을 것이다. 사생활에 대한 건강한 무관심, 정신의 균형, 과도하지 않을 만큼 너그러운 태도는 서로 편한 분위기를 만들었다. 더 중요한 것은 문학에 대한 공동 관심사를 가졌다는 것이다. 시간 가는 줄 모르고 술잔을 부딪치며 문학에 대한 담론이 계속된다. 공동 관심사에 대한 대화의 즐거움은 흔한 것이 아니다.

나는 후배들과 어울리기를 좋아한다.

‘오늘은 내가 저녁을 사야지.’

선배로서 대우받기 위한 얄팍한 제스처다. 어느 때인가 내가 저녁을 사고 택시를 탔다. 한 후배가 달려오더니 내가 탄 택시에 동승을 했다. 그런데 이 후배는 매사에 둥글지만은 않은 성격이었다. 나는 의아했다.

"아니, 자네는 나와 집 방향이 다르잖아."

잠자코 고개를 숙이고만 있다. 나는 영문을 몰라 중간에 내리도록 몇 번이나 종용했다. 묵묵부답이다. 그는 끝내 우리 아파트 입구까지 와서 택시비를 냈다.

"자네, 오늘 왜 그래?"

그는 멋쩍게 웃으며 말했다.

"그냥 제가 좀 하고 싶은 대로 놔두세요. 선배님, 좋아합니다."

그러고는 되돌아갔다. 서투른 사람, 나에 대한 호감정의 표현 방식이다. 빙긋이 웃었다. 지켜보고 있던 경비 아저씨가 한마디 한다.

"즐거워 보이네요."

나는 가끔 혼자 둘레길 산책을 즐긴다. 이런저런 생각을 하며 느릿느릿 걷다가 곳곳에 마련된 전망대에 오면 언제나 걸음을 멈추고 시내를 내려다보기도 하고, 울멍줄멍한 산봉우리를 올려다보기도 한다. 삶에 대한 잔잔한 기쁨과 고마움이 부스럭부스럭 날개를 편다. 나는 언제까지나 이런 소소한 기쁨에 만족하면서 살고 싶다.

어머니의 반지

한 영 옥

엄마를 모시고 있는 남동생에게서 전화가 왔다. 자리에서 일어나다 주저앉았는데 심한 허리통증으로 움직일 수 없다고 하셨다. 병원으로 모셔야 했다.

다음 날 병원 진료 결과 담당 의사는 척추 네 군데가 골절되었다고 했다. 그리고 다른 뼈도 많이 약하다고 입원해서 치료를 해야 한다고 덧붙였다.

수술을 앞두고 침대에 누운 채 검사를 했다. 입원 이틀날 자정 무렵, 어머니는 갑작스럽게 호흡곤란이 왔다. 이내 중환자실로 옮겼다. 얼굴에는 산소마스크를 씌우고 심장박동기도 달았다. 의료기기를 연결한 선들로 침대 주변은 어수선했다. 앙상한 손등의 도드라진 푸른 정맥은 구순을 바라보는 어머니의 긴 삶을 보여 주듯

했고, 간호사는 주사 놓을 자리를 찾느라 애썼다. 침대 머리맡에 매단 '절대안정'이란 빨간 글씨가 몹시 마음에 거슬렸다.

당분간 호흡기와 폐질환 치료만 했다. 골절보다 다시 호흡곤란이 오면 위험하다는 의사의 말에 따랐다. 곧 허리 골절 치료를 해야 하는데 기력이 너무 없어서 수술을 할 수 없다고 했다. 약물치료는 집에서 해도 된다는 얘기였다.

허리에 보조기를 달고 집으로 오셨다. 골절이 완쾌되려면 오래 걸릴 것 같으니 동생들은 요양병원으로 모시자고 했다. 남에게 어머니를 맡겨야 한다는 사실이 내키지 않았다. 아들 손녀까지 한집에 4대가 살아야 하는 형편을 동생들은 안타까워했다. 결정을 못하고 있는 내게 남편이 먼저 말했다. 우리 집으로 모시자고. 그 한마디에 어머니가 머물 곳이 결정되었다. 그래도 엄마가 정신이 맑아서 큰 다행이라 생각하며 할 수 있는 날까지 내가 모시기로 했다.

우리 집에 온 어머니는 조금씩 좋아지셨다. 병원에서는 부축해야 일어났지만 이제 혼자서도 얼음판 위를 걷듯 조심조심 움직이시는 걸 보니 훨씬 수월해졌다. 그런데 두어 달 지날 즈음 눕다가 이불 위에서 옆으로 쓰러지셨다. 이번에는 어깨뼈가 골절되었으나 깁스를 할 수 있는 부위도 아니라고 했다.

반복되는 골절과 감기. 햇볕이 좋은 날엔 멀지 않은 병원에 갈 때는 엄마를 부축하고 걸어보려 했다. 하지만 병원까지 가는데 십여 분밖에 안 걸리는데도 절반도 못 가서 주저앉고 말았다.

주변에 도움이 될 만한 것을 찾아 보았지만 보이지 않았다.

어머니를 등에 업었다. 손녀는 내 옷자락을 잡고 말없이 따라왔다. 네 살짜리 손녀 눈에 비친 증조할머니의 모습이 자기는 어리광 부릴 수 없는 처지라는 걸 안 모양이었다. 언덕을 오를 때 등에 업힌 어머니가 한마디 하셨다.

"무겁제? 이리 짐만 되니 너한테 미안타!"

"아니, 무슨 말씀이에요, 짐이라니!"

어머니의 그 말보다 가붓한 엄마의 몸무게가 더 가슴이 아렸다.

어렵게 집에 도착해 널브러지듯 소파에 누웠다.

고향 갔을 때 생각이 났다. 하루해가 기운 저녁나절, 늘 그랬듯이 엄마는 일을 하고 계셨다. 손톱 밑이 새카맣게 물든 손으로 깻잎을 차곡차곡 재고 나서 저녁상을 물리시며 집에 갈 때 가져가라며 손에서 반지도 빼셨다.

"이거 네가 칠순 때 해 준 거제, 받아라!"

"반지는 왜 빼요, 엄마!"

가슴 깊은 곳에서 커다란 뭔가가 확 빠져나가는 듯한 쓸쓸함이 와락 몰려와 멈칫했다. 뭐라고 말을 하고 싶었지만 더 이상 아무 말도 못했다. 아니, 그때는 인정하고 싶지 않아서 못 들은 척했다. 이제는 엄마의 반지를 마음에서 받아들여야 할 것 같았다.

욕조에 더운 물을 받아 엄마의 몸을 천천히 적셨다. 반백의 머리, 움푹 파인 눈, 핼쑥한 볼, 목과 어깨 사이 쇄골이 깊어 물이 고였다.

사시랑이가 된 몸을 빈약한 내 어깨에 의지하고 연신 손을 움직이셨다. 서서히 몸을 닦았다. 차례로 내려가는 손놀림에 따라 얇은 피부가 명주처럼 주름졌다. 앞가슴은 바람 빠진 풍선이 되어 내 시선을 흐리게 했다.

"엄마, 고향에 안 가고 싶어요?"

말이 없으셨다. 욕조에 더운 김이 서려 희미한 어머니 얼굴에 내 얼굴이 오버랩 되었다.

따뜻한 봄이 되었다. 어머니는 힘겹게 겨울을 넘기고 기력을 되찾으셨다. 외출에서 돌아오니 베란다에 빨래가 널려 있었다. 분명 세탁기를 돌려놓고 그냥 나갔는데 웬일인가 싶었다. 여쭤 보니 키 작은 엄마는 세탁기 밑바닥에 손이 닿지 않아서 효자손으로 하나하나 걸어 올려 꺼냈다고 하며, 딸을 도왔다는 기쁨에 봄 햇살처럼 환하게 웃으셨다.

어머니와 함께 보낸 아주 짧은 시간, 가시고 나니까 더 짧게 느껴진다. 바람 앞에 촛불이 시나브로 사그라지듯 그렇게 가신 어머니. 가시는 날도 모두 다 올 수 있게 연휴로 택하셨다. 그래서 울퉁불퉁 고르지 못했던 형제들 사이를 가지런히 제 모습을 찾게 하셨다. 어머니는 자식들 가슴에 영원히 꺼지지 않는 촛불이 되어 계실 거라고 그렇게 믿고 싶다.

화장대 서랍에서 어머니의 반지를 꺼내 내 손에 껴본다. 어머니가 웃고 계시는 듯하다.

게티미술관의 '아이리스'

김 풍 오

10월 중순 로스앤젤레스의 날씨는 30도를 웃돌아 마치 여름날 같았다. 더운 날씨는 낮에 걸어 다녀야만 하는 자유여행객에게는 편리하지 않은 대중교통과 함께 불편함을 안겨 주었다.

이곳에 온 후 첫 주말에 게티미술관을 보기로 했다. 호스텔 직원이 말해 준 대로 아침 일찍 숙소 근처에서 2번 버스를 탔다. 힐가드에서 734번 버스로 갈아타면 된다고 했다. 버스에는 서울처럼 노선도도 없어 다음 정거장을 알려 주는 안내방송에 신경을 곤두세우느라 주변 풍경도 눈에 들어오지 않았다. 결국에는 운전기사에게 부탁해 환승역인 힐가드에서 내릴 수 있었다.

그곳은 한적했다. 정거장을 둘러보니 바로 옆에 UCLA 정문이 있어 학생들만 오갔다. 반시간을 기다렸는데도 버스는 오지 않았다. 이상하다 싶어 버스안내판을 자세히 들여다보니 734번은 주말에 운행하지 않는다고 쓰여 있었다. 순간 당황했으나 234번 버스도 게티센터에 간다고 되어 있었다.

한 시간여를 기다려 버스를 타고 센터에 도착하니 11시가 넘었다. 호스텔을 나서 3시간이 넘게 걸린 것이다. 버스에서 내리는 사람들은 대부분 미국인이고 외국인 관광객은 별로 보이지 않았다.

입구에서 트램을 타고 언덕에 오르니 웅장한 미술관이 눈앞에 나타났다. 세계적인 건축가 리처드 마이어의 설계로 건립에 14년이 걸린 '게티센터'의 모습은 우아하고 고전적 모더니즘 건축기법이 돋보였다. 21세기를 대표하는 건축물의 하나라고 부르는 이유를 알 것 같았다. 설계자는 모든 건축물에 자연의 곡선미와 도시의 격자무늬를 형상화시켰다. 건물은 이탈리아에서 가져왔다는 베이지색 석회암에 나뭇잎, 깃털, 나뭇가지 등의 장식이 되어 있어 미술관의 품격을 더해 주었다.

브렌우드 언덕 정상에 자리잡은 게티미술관은 고대 그리스 로마 미술부터 중세 미술, 유럽 근대 미술까지 방대한 작품을 소장하고 있다. 그 유명한 고흐의 '아이리스'를 비롯해 세잔, 모네의 걸작품들이 즐비하다. 그렇게 방대하고 값어치를 매길 수 없는 많은 미술품이 전시되어 있는데도 무료로 관람할 수 있으니 노블레스 오블리주의 전형을 보는 것 같다.

게티센터의 소장품 못지않은 작품들이 샌타모니카의 '게티빌라'

라는 미술관에도 전시되어 있다고 하니 그의 미술작품에 대한 감식안과 열정에 놀라지 않을 수 없었다. 30대에 거부가 되고 이후부터 미술품을 수집하러 세계를 돌아다니고 말년에는 은둔생활을 하였다는 폴 게티는 세상 사람들에게 귀중한 인류문화유산을 물려준 셈이다.

‘아이리스’가 있는 전시관에 들어가니 많은 사람들이 그림 앞에 둘러서 있었다. 나도 그 중 한 사람이 되어 이어폰으로 설명을 들어가며 그림을 보았다. ‘아이리스’는 1987년 당시 회화 중 최고가인 5,390만 달러에 매매되어 게티미술관의 품에 안겼다. 고흐가 ‘해바라기’ 다음으로 자주 그린 꽃은 붓꽃이었다.

질푸른 보라색으로 섬세하게 그려진 붓꽃(아이리스)의 강렬한 색채가 인상적이었다. 그림 속의 붓꽃들은 대각선으로 비스듬히 놓여 녹색과 보라색이 우아한 대조를 이루고 있다. 왼쪽의 흰 붓꽃 한 송이는 강렬한 보라색의 다른 꽃들과 잘 어울린다. 고흐는 그림에서 천재성을 발휘했지만 불같은 성질에 말투도 퉁명스러워 주위 사람들과 잘 어울리지 못했다고 한다. 물감 살 돈조차 없어 동생에게 부탁할 정도였으니 얼마나 힘들고 고독했을까.

프랑스 남부의 한 정신병원에 입원해 있는 그에게 입구 화단에 있는 붓꽃은 한 줄기 빛이었다. 붓꽃은 보라색의 우아하고 매력적인 꽃이면서도 메마른 땅에서도 잘 자라는 강인함도 가지고 있다. 붓꽃은 고흐에게 안식과 평안함을 주는 존재였을 것이다.

게티센터에서 피곤한 몸을 이끌고 숙소에 들어오니 새로운 룸메이트가 나를 반기었다. 며칠 동안 머물던 브라질 친구들과 스위스인은 가고 새로 들어온 룸메이트들이었다. 호주에서 온 부부, 사우스 캐롤라이나에서 온 여대생, 그리고 젊은 독일 여자였다. 사십 대 호주 부부는 주로 캠핑을 한다고 했다. 2주여 동안 캘리포니아 동부에서 캠핑을 하고 다음 여행지인 멕시코로 가기 위해 하룻밤 머물 거라고 했다. 이번 여행 기간이 6개월이라고 말하는 그에게 그렇게 오래 여행하면 일하는 방법을 잊어버리는 거 아니냐고 하니 그는 여행이 본업이라고 눙치었다.

　　건축을 전공하는 미국 여대생은 그랜드캐니언을 보러 왔다고 했다. 독일에서 온 아가씨와 악수를 할 때는 남자와 악수를 하는 것같이 힘이 있었다. 게르만 민족의 핏줄이라 그런가. 그녀는 혼자서 캠핑카를 빌려 캘리포니아 서부의 국립공원과 유명한 곳을 다닌다고 했다.

　　저녁 식사 후에 또 다른 투숙객이 들어왔는데 런던에서 온 젊은 여자였다. 그녀는 가냘픈 몸매인데 몸에 문신을 많이 했다. 친구가 해 주었다며 요즘 문신이 유행이라고 궁금해하는 나에게 설명해 주었다. 하여간 그날 밤은 남자 두 명에 여자 네 명이 한방에서 자게 되었다. 그리고 미국 문화를 제대로 체험한 하루였다.

축복
· 둘

고추 훔치는 여자

왕　　린

　좋은 일이 생겼다는 선배가 밥을 샀다. 쌈밥 정식을 거하게 먹고 하나둘 뒤로 물러앉을 때 나는 테이블 쪽으로 다가앉았다. 고양이 생선 접시 넘겨보듯 상 위에 남은 고추를 흘금거렸다. 허물없는 이들과 밥을 먹을 때 내가 거르지 않는 탐색 행위다. 팔을 뻗어 저쪽 고추를 챙기고, 바구니 속 상추까지 들춰 탱탱하고 싱싱한 고추를 찾아내자 누군가가 우스갯소리를 던진다.

　"아니, 자기는 고추를 너무 밝히는 것 아냐?"

　사람들은 빈 접시가 들썩거리게 한바탕 웃어젖혔다. 그러거나 말거나 나는 좌중에 건성이다. 그래, 나는 고추 훔치는 여자다. 남은 고추를 싹쓸이하여 내 가방에 넣고 씨익, 웃으면 사건 종료다.

　나는 첨부터 남의 고추를 탐내는 여자가 아니었다. 그렇게 된 것은 지난 초가을 얼결에 남의 밭 고추 서리를 목격하고 나서다. 아니지, 고추 서리에 끼고부터다.

생일을 핑계로 친구 넷이 바람도 쐴 겸 토종닭 백숙을 먹으러 갔다. 두 시간 남짓 달려 도착한 백숙집은 비탈이 심한 언덕바지에 있었다. 예약하려고 전화했을 때 고추밭 옆에 차를 세워 두고 걸어서 오라고 한 이유를 알 것 같았다.

주인은 고추를 따다 깜빡했다며 우리를 보고서야 닭을 잡겠다고 올가미를 챙겨 들었다. 밭일에 진이 다 빠졌는지 마냥 늑장이었다. 표정도 썩 달가워 보이지 않았다. 일없이 맛집 순례나 하는 여자들 취급하는 눈치였다. 특별할 것도 없는 주변 경치에 카메라를 들이대며 호들갑을 떨었으니 그럴 만도 했으리라. 괜스레 머쓱해진 우리는 백숙이 준비되는 동안 울안밭으로 들어가 주인이 따다 만 고추를 땄다.

백숙이 나왔을 때는 산봉우리는 자줏빛으로 물들고 하늘빛 또한 불콰해져 있었다. 백숙은 소문만큼 맛있지 않았다. 해가 저문 것을 보자 운전 서툰 친구 차에 얹혀 집에 갈 일이 아득해서 더 그랬는지 모르겠다.

백숙을 맛있게 먹지 못하고 길을 나선 우리는 그것은 별일 아닌 양 석양빛 받으며 고추 딴 이야기에 흥이 올라 있었다. 어째 인심이 그러냐는 한 친구의 말을 듣기 전까지는. 어지간히 철딱서니

없는 여자들이었다. 이왕 차를 가지고 나왔으니 밭에서 금방 딴 고추 몇 봉지 사줬더라면 주인 얼굴이 환해졌을지 모를 일인데. 조금 거들어 준 것만 가지고 고추 안 준다고 볼멘소리를 했으니 말이다.

해 지는 고추밭 풍경이 한 폭의 수채화였다고 입을 모을 때는 어둑해진 가풀막 내려오는 것쯤 일도 아닐 것 같더니 못 얻은 고추에 화살이 꽂혀 툴툴대는 사이 길도 어둠도 타박 건더기로 변해 있었다.

차를 세워 둔 고추밭 옆에 도착했을 때는 온통 먹물을 뿌려 놓은 것 같았다. 어둠은 한적하고 외진 곳일수록 더 빠르게 스미는 것일까. 친구 얼굴도 분간이 되지 않자 문득 어둠 깊은 속이 무서워졌다.

차에 오르기 전 한 친구가 화장실 타령을 하며 주춤거렸다. 그냥 가자 어쩌자 실랑이하던 우리는 결국 울레줄레 밭고랑을 따라 들어갔다.

볼일을 봤으면 얼른 나올 일이지, 그새 어둠에 익었다고 고추를 눈에 들였을까. 견물생심에 어쩌자고 주변 어둠까지 거들어 부채질해댔을까. 친구들은 누가 먼저랄 것도 없이 고추를 따기 시작했다. 새가슴인 나는 얌치깨나 있는 듯 소리부터 질렀다.

"야아!"

보다 못한 한 친구가 쐐기를 박았다.

"안 내키면 나가서 망이나 보든가!"

망 보라는 말이 떨어지기 무섭게 나는 고랑을 빠져나와 밭머리에 섰다.

어둠이 익자 저만큼에 우뚝한 게 드러났다. 몸 부풀린 짐승 같았다. 나를 덮쳐오면 어쩌나. 바잡을수록 조바심은 더했다. 발밑이 축축해졌다. 바짓가랑이 속으로 무언가 스멀스멀 기어들어 오는 것도 같았다. 건들거리던 꽁무니바람이 등판을 치고 달아났다. 소름이 돋았다. 그만 나오라고 기껏 지른 내 목소리는 무엇이 삼켜 버렸나. 친구가 쓴 모자의 푸르스름한 야광 테두리만 도깨비불처럼 흔들렸다.

차 안으로 들어가 얼마를 더 있었을까. 친구들이 눅눅한 냉기를 몰고 돌아왔다. 한 친구가 점퍼의 지퍼를 내렸다. 와르르 쏟아져 나온 고추들. 새파르족족한 게 암팡져 보이는 놈, 푸르뎅뎅해서 다부진 놈, 시붉어 더 옹골진 놈.

바지 허리춤 안으로 점퍼를 질러 입고 고추 따 넣을 생각을 어찌 해냈는지. 내 가슴은 두방망이질인데 친구들은 비탈길에 돌 굴러가듯 웃기만 했다. 밤말은 쥐가 듣는다는데 그 야살스러운 신바람이 걱정되었다. 하지만 그 걱정도 나도 모르게 올라가는 입꼬리를 잡아 내리진 못했다. 겁먹고 도망간 사람이 고추는 더 많이 가져갈 거라고 놀리는 말에도 웃음이 비집고 나왔다. 오늘 밤 꿈에 얼마나 시달리게 될지 기대가 된다는 말을 시작으로 질펀한 야설을 흘려대느라 한강을 지나친 것도 모르고 있었다.

　살면서 어떤 순간을 놓친 적이 많다. 쭈뼛거리고 뒷걸음치고 지
레 겁을 냈다. 담 넘어온 홍시 하나, 임자 있는 오이 하나 따먹어
서는 안 되는 줄 알았다. 그날도 친구들이 대담하게 고추를 훔칠
때 난 동동거리기만 했다. 그 아쉬움이 자꾸만 나를 부추긴다. 그
때 따 보지 못한 고추를 식당 상 위에서나마 손에 넣어 보라고.
　먹는 것에 욕심 없는 내가 음식점 고추만 보면 노렸다가 집어
온다. 하필 왜 '꼬추'냐고 묘한 웃음을 흘리며 나를 불온한 여자
로 몰아대는 친구도 있다. 그녀의 말대로 잠재의식 속에 나도 모
르는 불온함이 숨어 있는 것일까?
　어쩌다 보니 만천하에 친구들의 고추 서리를 고자질했다. 그럼
에도 불구하고 나는, 훤한 대낮 사람들 뻔히 보는 앞에서도 고추
훔치는 여자라는 것을 고백한다.

어느 날 밤 이야기

김 명 희

　지금부터 꽤 오래전 있었던 어느 날 밤의 이야기를 하려고 한다. 난 그것이 호기심에서 시작된 것인지 아니면 만용에서 시작된 것인지는 잘 기억나지 않는다. 하지만 그때의 상황이 다시 닥쳐온다면 결코 똑같은 행동은 하지 않을 것이라고 장담한다.

　사건이 있던 그날, 오랜만에 친구 부부가 놀러 왔다. 저녁 식사와 간단한 술자리가 끝날 무렵 남자들끼리 눈짓을 주고받더니 슬그머니 밖으로 나갔다. 분명 남편의 단골 당구장에 갔을 것이다. 그들이 나간 후 우리는 밀린 이야기를 하느라 시간 가는 줄 몰랐다. 바로 그때, 이상한 소리가 들렸다. 그것은 마치 해머로 벽을 치는 소리 같았다.

　처음에는 금방 멈추겠지 하고 신경 쓰지 않았다. 그러나 소리가 점점 크게 들렸다. 이쪽인가 싶으면 저쪽 같고 도무지 그 방향을 가늠할 수가 없었다. 소리를 따라 사방을 쫓아다니며 안절부절못 하던 나는 급기야 밖으로 나가 그 원인을 찾기로 했다. 친구는 남편들이 올 때까지 기다리자며 말렸다. 하지만 건물 어딘가가 허물어질 것 같은 불안에 더는 참을 수가 없었다. 시간은 새벽 한 시를 훨씬 지나고 있었다. 휴대전화가 일상화되지 않던 때였기에 무슨 일이 생겨도 연락할 방법은 없었다.

"만약 30분이 지나도 내가 들어오지 않으면 남자들한테 연락해."

불안해하는 친구에게 당구장 전화번호를 적어 주고 밖으로 나왔다. 현관 앞에서 잠시 망설이던 나는 옥상부터 뒤져 보기로 했다. 옥상으로 올라가는 계단에는 전구가 나갔는지 불이 들어오지 않았다. 더듬거리며 조심스레 올라가는데 누군가 따라오는 것 같은 소리가 났다. 불현듯 옥상에서 웬 남자가 자고 있어 매우 놀랐던 기억이 떠오르면서 갑자기 소름이 돋았다. 흘깃 뒤를 돌아보았다. 아무도 없었다. 내 발소리였나? 살그머니 옥상 문을 열었다. 찬바람이 얼굴로 몰려왔다. 재빠르게 옥상을 둘러봤다. 휑한 옥상에는 빨래 건조대만 덩그러니 놓여 있었다.

"옥상에는 아무것도 없네."

옥상 문을 세게 닫으며 큰 소리로 말했다. 걱정으로 온갖 신경을 곤두세우고 있을 친구를 위한 마음도 있었지만, 혹시라도 이상한 소리를 내는 사람이 있다면 빨리 도망가기를 바라는 마음이 더 컸을지도 모른다.

2층은 태권도 학원이다. 보관해 두었던 비상키로 문을 열었다. 끼익, 문 열리는 육중한 소리가 들어가기 전부터 기를 죽였다.

학원 안은 칠흑같았다. 한 발자국도 내딛지 못하고 문 앞에 서 있었다. 눈이 어둠에 조금 익숙해진 후 안으로 들어가는데 벽에 누군가가 서 있는 것이 어슴푸레 보였다. 갑자기 심장이 요동쳤다. 숨이 막혔다. 몸이 굳어 움직일 수가 없었다. 고함을 지르고 싶은데 목소리가 나오지 않았다. 머리는 생각하는 기능이 멈춘 듯 몽롱했다.

그렇게 얼마 동안 서 있었을까, 뭔가 이상한 느낌이 들었다. 검은 물체가 아무런 미동이 없었던 것이다. 더듬거리며 스위치를 찾아 불을 켰다. 갑자기 환해진 빛에 눈이 부셨다. 간신히 눈을 뜨며 벽을 쳐다보았다. 발차기 연습용 도구가 덩그러니 서 있었다. 어이가 없으면서도 안도의 한숨이 터져 나왔다. 구석구석 살피며 조심스레 안으로 들어갔다. 누군가 뒤로 덮쳐올 것 같아 뒷목이 서늘해졌다. 잔뜩 움츠리고 있던 어깨가 펴지지 않았다.

사무실 문을 열었다. 삐걱 소리가 크게 났다. 들어가려던 걸음을 멈추고 안을 들여다보았다. 보이는 것은 가지런히 놓여 있는 책상과 서류뿐, 아무것도 없었다. 문을 잠그고 깊은숨을 쉬며 2층 계단을 내려갔다. 그동안에도 벽을 치는 듯한 소리는 끊어졌다

이어지기를 반복하고 있었다.

1층은 며칠 전 개업한 치킨집이다. 손님이 하나도 없는 듯한데 불이 켜져 있는 것을 보니 주인 부부가 하루 일을 마감하는 중인 것 같았다. 밖으로 나가 건물 주위를 둘러보았다. 아무도 없었다. 너무 늦은 시간이었다. 사람 모습이 보이지 않는 것은 당연한 일일지도 몰랐다.

이제 지하만 남았다. 그곳은 전에 장례용품을 보관했던 곳이었다. 지하로 내려가는 계단 구석에 관이 놓여 있었는데 태권도 단장이 악몽을 꾸었다고 창고 주인에게 치워 달라고 했던 적이 있었다. 잠시 끊겼던 소리가 다시 크게 들리고 있었다. 계단 앞에서 망설이던 나는 천천히 지하로 내려갔다.

지하는 꽤 깊었다. 냉기가 몰려왔다. 몸이 떨렸다. 희미한 전등 불빛이라도 들어와서 다행이라 생각하며 내려가는데 관이 있던 계단 벽에 무언가가 출렁거리고 있었다. 환각인가? 눈을 비볐다. 실루엣이 사라지지 않았다. 다시 올라가고 싶은 마음을 붙잡은 것은 옥상에서보다 더 크게 들려오는 소리였다. 조심스레 가까이 다가갔다. 건물 밖에 있는 나무가 달빛에 그림자를 만들며 벽 위로 일렁거리고 있었다. 실소가 터져 나왔다. 열쇠를 쥐고 있는 손에는 땀이 축축했다.

지하는 텅 비어 있었다. 소리는 지하 전체에 머무는 것같이 크게 울려왔다. 대들보 뒤로 감추어진 몇 개의 공간이 있다. 그곳은 불이 비추지 않는 곳이다. 만약 누군가 숨어 있다면 그곳이 아닐까 싶었다.

넓은 지하를 가로질러 첫 번째 공간 안으로 살며시 고개를 들이밀었다. 무언가 툭, 발등으로 떨어졌다. 화들짝 놀라 뒤로 물러섰다. 숨어 있던 귀뚜라미들이 낯선 방문자에 놀라 툭툭 튀어나왔다. 나머지 공간을 재빠르게 뒤졌다. 아무것도 없었다. 누군가 나를 잡아끄는 것 같은 두려움에 허둥지둥 나와 문을 닫았다.

당구장에서 돌아온 두 남자가 나를 심하게 나무랐다. 남편은 기막히다는 표정으로 겁 없는 이 마누라를 어떻게 하면 좋겠느냐며 혀를 찼다. 긴장이 풀렸기 때문일까. 그 표정이 재미있어 조금 과장된 몸짓으로 깔깔거리며 웃었다.

"그래서 원인은 찾아냈어?"

남편이 물었다. 친구와 나는 동시에 마주 보며 배시시 웃었다. 한밤중에 옥상에서부터 지하를 다 뒤지고도 찾아내지 못한 소리의 원인은 엉뚱한 곳에서 발견되었던 것이다.

지하에서 올라온 나는 치킨 가게로 들어갔다. 혹시 내가 들은 소리를 그들도 들었는지 묻기 위해서였다. 가게 문을 열고 주인에게 인사하는 순간 할 말을 잃었다. 그토록 찾던 소리의 근원을 그곳에서 보게 된 것이다. 그의 아내가 다음 날 영업을 위해 닭을 손질하고 있었는데 커다란 도마 위에 닭을 놓고 칼로 내리치는 소리가 벽을 타고 그토록 크게 들렸던 것이다.

그들은 늦은 시간에 어쩐 일이냐고 물었다. 닭 자르는 소리 때문에 내가 그토록 헤맸다는 말을 하면 미안해할지도 몰라 불이 켜져 있어 들어왔다고 얼버무리며 가게를 나왔다. 매일 초저녁에 닭을 손질해서 크게 들리지 않던 소리가 그날따라 밤늦게 작업하면서 벌어진 해프닝이었다. 나의 어설픈 탐색 작전은 그렇게 끝이 났다. 그날 친구는 나에게 '간 큰 여자'라는 별명을 지어 주었다.

요즘, 한시바삐 결정해야 할 일을 결과가 무서워 망설이고 있는데 친구에게 전화가 왔다.

"간 큰 여자, 어떻게 지내?"

오랜만에 듣는 별명이 새삼스럽다. 소심하고 겁이 많아진 지금의 내가 마음에 들지 않는다고 하면 그녀는 어떤 표정을 지을까.

"간 크다는 건 옛말이다. 이제는 세월에 쪼그라든 간 펴느라 바쁘다."

까르륵거리는 그녀의 웃음소리가 들린다.

구둣주걱의 외출

청   랑

　양손이 묵직하다. 한손엔 우산을 받쳐 들고, 다른 손에는 손전화기와 기다란 구둣주걱이 들려 있다. 우리 집 신발장에 있어야 될 구둣주걱이다.

　초가을에 때아닌 장맛비다. 친구와 산행하기로 약속한 날인데 낭패다. 이틀 전부터 퍼붓기 시작한 비가 밤새 내리고도 그칠 기미가 없다. 여름이 자리를 내주기 아쉬운지 뒤끝을 보여 주며 가을을 조롱이라도 하는 듯이. 라디오에선 첼로 연주곡 '생상스의 백조'가 흘러나와 내 발길을 붙들어 놓으려 하고. 이래저래 꾸물거리다 약속시간에 빠듯해 서둘러야 한다.

　음악을 들으며 지하철역으로 향한다. 비 내리는 날 등산 가방을 메고 나선 게 겸연쩍어 행인들의 눈치를 본다.

"끌끌끌! 이 비에 뭔 등산이람. 저 여자 정신 나간 거 아냐?"

대놓고 누가 뭐라지도 않는데 지레짐작을 해 본다. '남의 눈치를 보는 건 그때부터 지옥이고 내 삶이 아닌 타인의 삶을 사는 것과 마찬가지라면서.' 혼잣말을 해 본다. 조급해진 나는 빨간 신호등을 노려보며 튕겨 나갈 자세를 취한다.

그제야 내 눈에 들어온 긴 구둣주걱. 생각해 보니, 현관에서 손전화기로 음악을 들으려는데 제대로 연결이 안 되어 애를 먹었다. 약속시간 때문에 마음이 바빠져 등산화를 신으면서 구둣주걱을 사용하고는 깜빡하고 들고 나온 거다. 그래도 그렇지, 이곳까지 오도록 눈과 손은 멍청이가 된 건가. 또 내 의식은 어디로 외출한 거고. 집으로 데려다주기엔 약속시간에 늦을 것 같고 어쩌랴, 데리고 갈 수밖에.

할 수 없이 배낭에 찔러 넣는다. 대각선으로 쿡쿡 밀어 넣어 보지만 어림없다. 포대기에 업힌 아기가 얼굴을 빠끔히 내민 꼴이랄까. 그동안 냄새 나는 어둡고 습한 신발장 안에서 지냈으니 이참에 바깥세상 구경시켜 달라고 나를 따라 나섰는지도 모르겠다.

지하철 2호선은 언제나처럼 북적거린다. 혼잡한 전철 안에서 배낭을 메고 움직이면 주위사람을 '툭 툭' 쳐서 신경이 쓰인다. 안쪽으로 발걸음을 옮기려는데 뭔가 끌어당기는 느낌이다. 아뿔싸! 얌전히 있지 못하고 어떤 남학생의 백팩 어깨끈을 낚아채고 있다. 얼굴이 화끈 달아오른다. 그 녀석의 장난기는 거기서 그치지 않고 또 아가씨의 핸드백 끈을 잡고 있다. 이러다 누군가의 얼굴이라도 후려치면 어쩌고. 조심하고 또 조심할 일이다.

내 아이가 아기였을 때다. 들쳐업고 장을 보고 오면 손에 껌이나 막대사탕이 들려 있었다. 물건을 고를 때든지 계산대에서 계산하는 동안 잡히는 대로 집어든 게 분명했다. 난감하기도 하고 우습기도 했던 기억이다. 아무래도 구둣주걱도 오늘 단단히 한 건할 것 같다. 아니, 경찰서에나 안 끌려가면 다행이라고 해야 하나.

삐죽 나온 구둣주걱을 본 친구가 의아하다는 듯 쳐다본다. 자초지종을 듣더니 박장대소다. 자기도 무심코 남의 것까지 가방에 챙겨 넣는 바람에 곤욕을 치른다면서 위안이 된다나 어쩐다나. 가방을 열어 보면 같은 것이 어느 땐 두세 개씩 들어 있다고. 그녀의 이야기를 들으며 잠시 위안을 받는다.

친구는 건망증이나 치매의 전조증상이 아닐까 하며 실실 웃는다. 나는 내 집중력이 우수해서라며 우긴다. 사람이든 물건이든 마음이 꽂히면 밤낮을 안 가리고 그것에 사로잡혀 있어서라고. 아인슈타인은 연구에 몰두하다 집에 가는 길도 잊어버렸다지 않던가.

숲이 속절없이 비를 맞고 있다. 갖가지 식물들이 뿜어대는 향기를 맡으며 숲속에서 여유를 가져본다. 그리고 오늘 우연히 나와 동행한 구둣주걱을 생각해 본다. 구둣주걱도 한때는 늠름한 편백나무로 자라면서 미래에 대한 꿈도 가졌을 텐데. 혹시 고향을 그리며 옛날을 회상하는 건 아닐는지. 아니면 이왕 집 떠나온 길,

숲속 고향에 남기를 바라는 건 또 아닐지.

어쩌다 나와 인연이 되어 우리 집 구둣주걱으로 살아왔구나. 그동안 신발장에 갇혀서 신발 신을 때 너를 사용하고는 고마움을 잊고 살았지. 지금 처한 너의 운명을 탓한 적은 없었니? 나는 가끔 속상할 때면 일탈을 꿈꾸었거든. 부모님의 딸로 태어나고 자라면서 주제 넘는 꿈도 가져봤지만 지금은 이게 내 길인 듯 아내로 아이들의 엄마로 자리를 지키고 있지. 나에게 주어진 삶이려니 생각하면서 말이야.

숲을 나오는 길에 잣송이 네 개를 발견했다. 웬 횡재냐 싶어 친구와 나눠 배낭에 챙긴다. 솔향이 솔솔 풍겨온다.

'구둣주걱아! 네가 그 까마득한 옛날에 맡았을 향기일 수도 있으니 시큼한 신발 냄새 대신 솔향기에 취해 보렴.'

다음 외출에는 또 무엇을 들고 나가게 될지. 나이가 들어갈수록 기억력과 판단력이 흐려져 더 황당한 일이 잦을 것이다. 나도 모르는 내 마음 자락도 꺼내어 바람 좀 쐬었으면 좋겠다. 그리고 내가 구둣주걱과 며칠 사라진다면 가족들이 우리 존재에 대한 고마움을 알기는 할까?

비 오는 날, 어쨌거나 내 깜빡이 증상 때문에 구둣주걱이 모처럼 세상 구경한 날이다.

쌈하기 좋은 나이

서 정 순

　둘째 손녀 지우가 새 유치원에 다니게 되었다. 처음 만나는 선생님, 친구들과 낯을 익히기까지 마음이 놓이지 않았으나 아이들은 역시 아이들이었다. 매일 등하원 시간에 마주치는 네 아이들은 금방 친해졌고 덩달아 손주바라기 할머니들도 친해졌다.

　점점 날이 따뜻해지자 아이들은 광장에서 뛰어노는 시간이 많아졌다. 할머니들도 자주 만나 이야기꽃을 피우는 시간이 길어졌다. 짜맞춘 것처럼 모두 외할머니들이었고 나이는 한두 살 차이가 났다. 부부가 함께 딸네 집에서 일요일 저녁부터 금요일 저녁까지 사는 이, 남편은 집에 두고 딸네 집에 와 있다가 주말에만 집에 가는 이, 월요일부터 금요일까지 아침저녁 출퇴근하는 이, 손주 돌보려고 이사를 온 이, 저마다 사연이 가지가지였다.

깍듯하던 존댓말이 언니 동생으로 바뀌고 고향, 가족 이야기는 딸이 한 달에 얼마 주느냐까지 이어졌다. 나도 모르게 '풋' 하고 웃음이 나왔다. 몇 년 전 아파트 놀이터에서 조선족 도우미들이 모여 앉아 월급은 얼마이고, 주인의 성격은 어떻고 하는 걸 들었는데, 지금 우리가 그런 말을 하고 있었던 것이다.

점점 길어지는 햇살을 등에 업은 아이들은 광장에서 뛰어놀고 광장 벤치는 우리의 쉼터가 되었다. 그날, 누군가의 시시비비를 걸쭉하게 이야기하다가 한 할머니가 말했다.

"쌈하기 좋은 나이가 아닌데."

그러면서 그녀가 오십 대 중반이었을 때 친정아버지가 하신 말씀이라고 했다.

"니 나이가 쌈하기 좋은 나이다. 오십도 안 된 나이에 싸우면 볼썽사납고, 칠팔십 줄에 들어서 싸우면 죽을 때가 된 것이다. 그러니 니 나이가 딱 쌈하기 좋은 나이다."

그날 퇴근해 집으로 돌아와, 책꽂이가 있고 책상이 있지만 옹색하기만 하여 서재라고 부르긴 간지럽고 아니라고 하기엔 딱히 부를 명칭이 없어 미안한 작은방 책상 앞에 앉았다.

예순도 넘은 나이가 여섯 폭의 병풍처럼 둘러싼다. 아직은 어중간한 미완성의 여섯 폭, 이것이 마지막 병풍일지도, 또 몇 개의 병풍을 더 만들 수 있을지는 누가 알겠는가. 재산도 내가 쓴 것만 내 재산이라는데 시간도 내가 쓰고 있는 것만 내 시간일 게다.

지금 내가 쓰고 있는 시간, 이 나이에도 심신이 건강하니 참 다행이다. 최적의 컨디션은 아니어도 몸과 마음이 아이들을 돌보기에 적당한 나이라고 위로를 해 본다. 예쁜 건 예쁜 거고 힘든 건 힘든 것이라는 말도 맞다. 그러나 하고 싶은 일을 잠시 접어 두어도, 피는 물보다 진하다는 원초적인 이유를 들지 않더라도 내 새끼를 각별하게 여기게 되는 나이가 지금 내 나이지 싶다.

쌈하기 좋은 나이에 이른 나를 오랫동안 들여다본다. 월요일부터 목요일까지 동서남북으로 다니면서 배우기도 하고 짬짬이 운동도 했다. 그리고 파닥파닥 뛰는 가슴으로 여행 가방을 싸고, 훌쩍 여행을 다녀와 추억수첩에 다리 떨리면 못 다닌다는 핑계를 대기도 좋았다. 무엇을 해도 에너지가 넘치는 그런 아름다운 그림으로 그냥 보고 있어도 충분히 넉넉할 수 있는 나이다.

환갑에 낸 첫 수필집 『60, 내 생의 쉼표』는 쌈하기 좋은 나이의 마무리였다. 어느 분의 말씀처럼, "멀리 있어도 아주 가까이에서 볼 수 있는 망원경을, 아주 작은 일도 크게 확대해서 볼 수 있는 현미경을, 절대 보이지 않는 곳에서 볼 수 있는 잠만경"을 그 책 속에 보관 중이다. 이제 책장을 넘기듯 지난 시간을 넘기기 위해 필요한 안경도 준비해야겠다. 가장 좋은 일은 가장 하기 힘들다는 사실을 미리 아는 사람은 아무도 없다지 않던가.

나 역시 모른다.

나의 기쁨이 타인의 재앙이 되다니

최 문 정

　창문을 사정없이 때리면서 굵은 빗줄기가 내리치고 있다. 비만 오는 게 아니라 천지가 진동하며 번쩍번쩍 번개가 요동을 친다.

　얼마 전 거실 앞 유리문을 하얀 새시로 바꾸었다. 이사 온 지 20년 만에 바꾼 것이다.

　베란다를 앞으로 쭉 내밀어 천장도 유리로 바꾸었다. 그래서 옆으로 앞으로 위로 쏟아지는 비가 보고 싶었다. 그 비가 지금 오고 있다. 그것도 가만가만 얌전히 오는 게 아니라 쾅쾅 스테레오로 하늘을 때리고 번쩍번쩍 파노라마를 펼치면서 세상을 박살 낼 것처럼 빗줄기를 쏟아내고 있다. 십년 묵은 체증이 쑥 내려갈 것 같아 박수라도 치고 싶은 심정이다.

　머리를 새로 하면 일주일이 행복하고, 옷을 새로 사면 한 달이 행복하다더니 유리문을 새로 바꾸어 그러잖아도 매일매일 신이 나 있는데, 이렇게 비까지 와 주니 기분이 좋다.

언젠가 우연히 난타 공연을 본 적이 있다. 세상에 있는 것은 무엇이고 다 깨부술 것처럼 온몸으로 쏟아내던 그 경쾌한 동작을 지금 하늘이 쏟아내고 있는 것이다. 지붕이며 길이며 세상 모든 것을 하나도 남김없이 신나게 때려 주고 두드려 주고, 내리쳐 주고, 나도 신이 나 세상의 잡다한 것 모두 쓸어내고, 내 안의 속내까지도 다 쓸고 갔으면 하는데, 그때 유리문 앞으로 무엇이 휙 지나가는 것이 보였다.

무엇인가 싶어 눈을 유리에 바짝 대고 내려다보니 뿌연 유리문 사이로 우산을 든 여학생이 마구 뛰어가는 게 보였다. 몸에서는 물이 뚝뚝 떨어지고, 물에 잠긴 신발은 물을 사정없이 튕기며 달리고 있었다. 그 순간 밖에 있는 고양이 생각이 났다.

"아차, 우리 고양이!"

급히 달려가 현관문을 열고 보니 현관 앞이 물바다였다. 고양이 두 마리는 물에 잠긴 집에 깊숙이 들어앉아 나를 빤히 올려다보고 있는데 완전히 물에 빠진 생쥐 꼴이었다.

급히 현관 앞 물길을 터주고 집에 비닐을 씌운 다음 들어와 텔레비전을 켰다. 화면에서는 강물처럼 불어난 흙탕물에 집이 잠기고, 가축이 떠내려가고, 고목이 부러지고, 농작물이 쓸려 내려가고 있었다.

꿈꾸던 깨끗한 세상은 간데없고 온통 흙탕물로 뒤범벅이 되어 버린 황당한 모습으로 아수라장이 되어 있었다.

'우르르 쾅' 천지를 뒤흔들며 쏟아지는 비는 비가 아니었다. 양동이로 쏟아붓는 폭포였다.

하늘은 마치 조금 전 그렇게 즐기던 나를 난타하기 위해 쏘아대는 화살처럼 세상을 후려치고 쓸어내고 때리며 쓸어내고 있었다.

장난으로 던진 돌에 개구리가 맞아 죽었다고 했던가. 내가 즐기는 비 때문에 집들이, 논밭이 그리고 가축이 쓸려가고 있다. 어쩌면 사람도 떠내려갔을지 모른다. 이건 비가 아니다.

상반되는 세상이라고 하지만 내 즐거움이 돌변하여 사람 사는 세상을 이렇게 망가뜨릴 줄이야.

갑자기 이 모든 것이 내 탓인지도 모른다는 생각에 머리를 무릎 사이로 깊이 묻으면서 나는 계속 중얼거렸다.

"이제 그만, 제발 이제 그만!"

미용실 가기

김 선 희

시어머니 목욕을 시켜 드렸다. 머리가 덥수룩해 보여 내친김에 미용실에 가기로 했다. 대퇴부 골절로 5년째 걷지 못하시는 어머니를 휠체어에 태우고 아파트 마당으로 내려오니 빗방울이 떨어지기 시작했다.

일요일 아침. 부지런히 움직인다고 했지만 교회를 다녀와 점심 먹고 집안 청소를 하다 보니 오후 늦은 시간이 되고 말았다. 외출이 쉽지 않아 그동안은 이발기를 사서 어머니 머리를 잘라 드리곤 했다. 그런데 오늘은 특별히 미용실에 가기로 한 것이다.

바람이 없고 날씨가 괜찮은 것 같아 바람도 쐬고 머리도 잘라 드릴 겸 나왔는데 비가 오다니 낭패가 아닐 수 없다.

"이왕 내려왔으니 그냥 가자! 차에 우산 하나 있어."

남편은 주차장으로 뛰어가더니 커다란 우산 하나를 가지고 왔다. 어머니 무릎에 빗방울이 떨어지기 시작하자 마음이 급해졌다.

남편이 휠체어를 밀고, 나는 우산을 들고, 세 사람은 우산 하나에 의지하여 급히 미용실로 향했다.

가로수가 있고 보도블록이 울퉁불퉁한 좁은 인도로 휠체어를 밀고 갈 수가 없었다. 하는 수 없이 휠체어를 밀어 차도로 내려갔다. 차가 마주 오니 겁이 났다. 빗방울은 굵어지고 마음은 급하지만 달릴 수도 없는 노릇이었다.

겨우 도착하고 보니 턱 높은 미용실로 들어가는 것이 또 문제였다. 남편은 바퀴 둘을 들고 힘을 합쳐 어머니를 미용실 안으로 모시고 들어갔다. 마침 미용실에는 손님이 없었다. 둘이서 어머니를 부축해 미용실 의자에 앉혔다.

"짧게 해 주이소."

"안 돼요, 어머니."

"짧게 해 주이소."

나는 안 된다는데 어머니는 고집을 부리셨다.

"할머니, 미안해서 그러시는 거죠?"

미용사가 한마디 거들었다.

"아니요, 그래도 안 돼요. 정말 남자 같아져요. 참, 어머니는…."

미용실에 자주 올 수 없으니 기왕 온 김에 짧게 잘라 버리고 싶으셨겠지. 하지만 어머니도 여자 아닌가. 비록 거의 누워서 생활하시지만 퍼머도 못하고 머리를 자르기만 하는데, 주름지고 마른 얼굴이 남자처럼 보이는 것이 나는 싫었다.

미용사가 드라이까지 해 주니 내가 자를 때와는 확연히 다른 모습이었다. 머릿결이 좋은 어머니는 병중이시지만 참 고와 보였다. "어머니, 아주 예뻐졌어요" 하니 웃으신다.

빗방울이 제법 굵어졌다. 서둘러 집으로 돌아와야만 했다.

푸름이 한창인 5월, 아파트 단지 안의 느티나무 가로수가 숲을 이루고 있었다. 물오른 나무들이 싱그럽기 이를 데 없다. 비가 오지 않았다면 오랜만에 아들이 미는 휠체어를 타고 천천히 아파트를 한 바퀴 돌았을 텐데, 많이 아쉬웠다.

두 번의 대퇴부 골절. 어머니의 바깥출입을 내가 포기했다. 무거운 휠체어를 집안에서 다시 쓰자니 매번 닦아야만 했기 때문이다.

여름이면 노인들이 모여 노시는 평상에도 모셔다 놓고 잠시 집안일을 하고 다시 모시러 나가기도 하고 동네를 한 바퀴 돌기도 했는데, '긴 병에 효자 없다' 더니 이제는 그리 못하고 있다.

어머니도 거실 창으로 아이들이 노는 놀이터를 내려다보는 것으로 만족하시는 것 같다. 예전 같지 않게 지친 나나 어머니나 삶이 참 버겁다.

미용실을 다녀오셔서 일찌감치 잠드신 어머니, 시원한 바람이 부는 아파트 단지 푸르른 느티나무 밑을 둥실둥실 걷고 있는 꿈을 꾸고 계실지도 모를 일이다.

제갈량을 마시다

지 영 선

　후배 부부가 저녁식사에 초대를 했다. 안내를 받고 찾아간 곳은 서울 밤풍경이 한눈에 내려다보이는 중국식당이었다. 식사 전 앙증스런 크리스털 술병이 테이블 위에 놓였다. 그것은 술병이라기보다는 꽃을 한두 송이 꽂아 두거나 장식용으로 더 어울릴 것 같았다. 얼음이 담긴 유리잔에 술을 따라 후배 남편이 내게 내민다. 잔을 받아 슬며시 내려놓자 맛이 특별하니 향기만 마시라며 권했다.

　한 모금을 삼켰다. 향기가 후각을 자극해 미각을 마비시켰는지 몸에서 술에 대한 거부반응이 그리 심하지 않은 것 같았다. 병풍이 펼쳐진 아늑한 공간에서 종업원들의 시중을 받으며 즐기는 만찬이 기분을 상승시켰던 걸까. 요리를 안주 삼아 술을, 아니 술잔에 담겨진 야릇한 향기를 조금씩 마셨다.

얼음으로 희석된 술 한 잔을 거의 무의식적으로 다 비우고 나니, 내 목소리와 몸짓이 리듬을 타고 출렁이는 것 같았다. 아차, 싶었지만 다행히 속이 울렁거리고 어지럽거나 감정적으로 주책없이 슬퍼질 조짐은 보이지 않았다. 유난히 술이 달게 느껴지는 날이 있다던 어느 애주가 말이 거짓은 아닌가 보다.

무슨 조화일까. 원래 나와 술은 상극으로 알고 있었다. 피로회복제 박카스에도 취하는 체질이 아닌가. 붉다 못해 검은빛을 띠는 고혹적인 빛깔에 취해 와인을 마셨다가 얼굴에 핏기가 가시고 세상이 뱅글뱅글 도는 어지럼증으로 진저리나게 고생했던 기억이 있다. 마신 와인을 다 토해 내고도 후유증으로 이삼일 꼼짝할 수가 없었다. 그뿐이 아니었다. 이유 없이 밤새 눈물을 펑펑 쏟았다. 그때의 눈물과 와인의 상관관계가 아직도 나는 이해되지 않는다.

조금 들뜬 나의 기분을 일행이 눈치챈 것 같다. 이번엔 스트레이트로 마셔 보란다. 그래야 술의 온전한 맛과 향을 음미해 볼 수 있다고 했다. 구태여 그걸 알 필요가 있을까 싶기도 하고, 감정이나 분위기에 휩쓸리기엔 아직 이성이 반듯하게 각을 세우고 있어 고개를 살래살래 저었다.

거절 의사 표시가 미온적이었나 보다. 어느 틈에 곡선이 아름다운 원통형 스트레이트 잔에 담긴 투명한 액체가 눈앞에서 나를 응시하고 있었다. 그 이름 '제갈량.' 이름에 걸맞지 않게 어르고 달래듯 살살 애교스럽게 흔들어 줘야 겨우 한 잔을 허락하는 도도한

교태. 아리따운 여인의 체취처럼 감겨오는 미묘한 향취. 제갈량은 그날 밤, 그곳에 있는 사람들 모두를 휘어잡고 유감없이 자신의 존재를 드러내고 있었다.

'앙큼한 것.'

호기심과 두려움이 내 안에서 상충되는가 싶더니 순간, 나도 모르는 나의 술꾼 기질이 발동했다. 한 모금을 직구로 삼켰다. 액체가 목으로 넘어가는 순간, 불에 덴 듯 입안과 목이 홧홧했다. 이어 손끝에서 발끝의 미세혈관까지 번져가는 알코올의 신통력이 전신의 세포를 살아 꿈틀거리게 했다. 순간 가슴 밑바닥으로부터 차오르는 충만감이 나의 실존을 강하게 인식시켰다.

제갈량은 타오르는 불꽃이었다.

'하마터면 나, 제갈량의 매력을 영영 모르고 살 뻔했잖아.'

'그동안 술을 앞에 두고 내숭 떤 그대를 용서하겠소.'

깔깔거리며 제갈량이 내 말에 맞장구를 쳤다. 참 기분 좋은 만찬이었다. 그 밤, 돈과 권력과 사랑에 관한 얘기가 오갔는데 술기운으로 배포가 커진 내가 어떤 말참견을 했는지 모른다.

생각해 보니 체질에 맞지 않는다고 섣불리 술을 멀리한 탓에 삶의 즐거움 한 조각을 애석하게 잃어버리고 산 셈이다. 친정은 물론 시댁도 술 마시는 분이 없다. 남편과 아들도 집에서는 맥주 한 잔 입에 대지 않는다. 그런 환경에서 술을 접할 기회도 흔하지 않았지만 술에 대한 거부감도 만만치 않았다. 내가 살아온 세상에서 여자에게 술은 무언중에 금기시된 음료이었기 때문이다.

언젠가 '여자가 술 먹는 것에 대해 어떻게 생각하느냐'는 설문지를 받았을 때, 백지로 낸 적이 있다. 솔직한 심경을 피력하자니 시대에 뒤떨어진 궤변이 될 것 같고, 술 먹는 여인의 행위를 옹호하자니 내 심중과는 거리가 멀어 침묵을 택했다.

그런 인습에 젖어 술 앞에서 내숭덩어리 역할을 자처하던 내게 제갈량과의 조우는 신선한 충격이었다. 경험보다 더 좋은 선생은 없다는 말이 있다. 제갈량과의 만남으로 내 삶의 지평이 한 뼘쯤 넓어진 기분이라면 과장된 표현일까. 술은 카오스의 웅덩이! 거기에 한 발 들이밀고 맛보았던 야릇한 그 혼돈이 참으로 유쾌했다.

돌아온 부의금

김 풍 오

인터넷을 하다가 은행계좌를 열어 보았다. 한 달에 한두 번 열어 보는 나의 계좌는 요즘 마이너스가 되었다가 연금이 입금되면 플러스로 되는 형편이다. 두 개의 신용카드에서 나가는 금액과 유일한 입금 항목을 확인하였다. 그런데 입금 항목이 하나 더 있다. 송금처는 '아산병원 장례식장' 이라고 쓰여 있다.

일주일 전의 일이 떠올랐다. 그날 고등학교 동창의 모친상을 알리는 문자 메시지를 받았다. 한여름이라 넥타이를 맬까 말까 망설이다가 집에서 가까운 곳이라 정장을 하고 나섰다. 마침 집 앞에서 아산병원 가는 버스가 있다. 아침에 그렇게 쏟아붓던 장맛비는 어느새 그치고 낮이 되자 햇볕이 쨍쨍했다. 온난화 현상으로 장마철의 비 오는 패턴도 열대지방의 그것을 닮아 가고 있는 것 같다.

병원에 들어서서 호실을 알아보기 위해 전광판 쪽으로 갔다. 거기에는 요즘 자주 만나는 고등학교 친구가 누군가와 대화를 나누고 있었다. 그는 나와 취향이 같은지 취미가 겹치는 것이 많다. 등산과 바둑에 탁구까지 같아 모임 때마다 만나니 어느 친구보다 자주 만나는 사이다.

취미가 같으면 할 말이 많다. 대화 주제가 자연스럽게 형성되어 말을 하다 보면 시간 가는 줄 모른다. 그 친구는 나를 보더니 대화 중이던 상대에게 이따 보자고 하며 인사하고 나에게, "저 친구는 나와 대학 동창이니 상주와 대학교 친구지"라고 말했다. 그리고 지난달 바둑대회에서의 에피소드를 주제로 얘기를 나누었다.

한동안 얘기하다 영안실로 발걸음을 옮겼다. 계속 얘기를 나누며 계단을 올라갔다. 우리는 무심코 첫 번째 상가로 들어가게 되었다. 눈에 보이는 상가에 조화가 긴 줄을 이루고 있어 속으로 '대단한 집안이군' 하고 생각했다. 입구에 있는 부의금통에 봉투를 넣고 방명록에 이름까지 적었다. 친구는 먼저 영안실 안으로 들어갔는데 금세 나오더니 당황한 기색이었다.

"야, 우리가 잘못 왔다. 영정사진에 있는 고인은 남자야."

우리가 받은 메시지에는 모친상이라고 알려 왔으니까 말이다.

그제서야 나는 깨달았다. 아까 그 친구가 325호실이라고 말한 것이 떠올랐다. 3층으로 가야 하는데 얘기에 빠져서 확인도 하지 않고 엉뚱한 2층 상가집으로 들어간 것이다. 이런 난감한 경우가 있나. 창피를 무릅쓰고 우리는 접수대에 앉은 사람에게 사정을 애기하며 부의금을 돌려줄 것을 부탁하였다. 하지만 상가의 부의금 통은 자물쇠로 채워져 있고 줄을 이어 찾아오는 문상객들로 지금은 곤란하다는 답변이 돌아왔다.

친구와 나는 곤혹스런 표정으로 잠시 있었더니 상주가 나왔다. 자초지종을 들은 그는 장례가 끝나고 계좌로 보내 줄 테니 전화번호와 계좌번호를 적어 놓고 가라는 것이었다. 그렇게 해 주는 것만으로도 고마운 일이었다. 3층 상가로 발걸음을 옮기면서 친구에게, "사람들이 친절하게 해 주었지만 상중에 경황이 없을 텐데 약속대로 보내 줄까?" 하고 말하였다. 친구도 고개를 끄덕이며 "고인이 가는 길에 노잣돈 보태 드렸다고 생각하지 뭐"라고 말했다.

한 층을 옮겨 325호실을 확인하고 들어갔다. 동창 친구들이 보였고 우리는 부의금 봉투를 찾으려고 두리번거렸다. 그러나 앞에 쓰여 있는 문구가 눈에 들어왔다.

'부의금은 정중히 사절합니다.'

문상을 마치고 식사를 하려고 방에 들어가니 문상객들로 꽉 차 있다. 고등학교 동창들도 많이 와 있었다. 우리는 그들 틈에 앉아 식사를 하면서 방금 전에 일어났던 이야기를 하였다. 앞에 앉아 있는 친구가 "결혼식장에서 축의금을 잘못 내 곤란한 경우를 겪은 얘기를 들은 적이 있는데 상가에서 부의금을 엉뚱한 데 냈다는 얘기는 처음 듣는다"며 빈정거리는 말투로 말했다. 다른 친구는

"사회생활이 쉽지 않아. 직장에 다닐 때는 비서나 직원들이 알아서 다 해 주는 게 많잖아"라고 말했다.

그래, 이 친구 말이 맞다. 직장이라는 제도권을 떠나 생활하다 보면 예기치 않은 일을 많이 겪는다. 이런 상황은 장성이 전역했을 경우가 제일 어렵다고 들었다. 부관이 모든 것을 알아서 다 해 주는 환경에 있다가 나 홀로 겪는 사회생활이란 보통 어려운 게 아니라는 거다.

나는 대전에서 오래 살다가 서울에 와서 살다보니 완전히 다른 환경이라 적응하는 데 어려움을 겪었다. 새롭게 친구도 사귀어야 되고 새로운 환경에 적응해야 하기 때문에 겪는 갈등도 많았다. 그러나 좋은 점도 있다. 새로운 환경에 적응하기 위해서는 일종의 작은 도전이 계속적으로 필요하다. 생활의 재발견이랄까 또는 새로운 생활의 개척이랄까, 뭐 이런 소소한 것에 재미를 붙이고 사는 것도 괜찮지 싶다.

어쩌면 이런 어처구니없는 일도 긴 여정의 인생이라는 연극에서 필요한 작은 소품처럼 필요한 것인지도 모르겠다.

수필집을 내고 나서

서 장 원

지난해 연말 고희를 맞아 수필집『설송을 기리다』를 냈다. 수필을 접한 지 십 년이 됐고 무엇보다 칠십 년 내 생을 돌아보고 정리한다는 의미가 있었다. 연초부터 그동안 써 놓은 오십여 편의 글에 대한 수정 보완작업에 들어갔다. 이만하면 됐다 싶은 작품도 다시 들여다보기를 반복하면서 틈나는 대로 퇴고를 거듭했다. 작품 다듬기를 마무리하고 나자 머리말을 붙여야 한 권의 책이 완성된다는 생각에 다시 자판기 앞에 앉았다.

책 머리말에서 내가 수필집을 내는 의도를 솔직하게 털어놨다.

"수필가가 넘쳐나고 수필집이 발에 채일 지경이라고 한다. 수필집이 쏟아지는데 거기에 나까지 한 줌 보탠다는 데에 주저하지 않을 수 없었다. 그러나 한편으로는 올해 칠순을 맞아 수필집을 내리라는 속내를 품고 있었음 또한 사실이다. 그러면서도 망설였던 것은 과연 나의 작품이 책으로 묶어 낼 만큼 문학성이 있느냐고 자문할 때 부끄러움이 앞섬을 부인할 수 없어서다. 그런 머뭇거림에도 아내의 적극적인 권유로 용기를 내었음을 고백한다."

원고를 출판사에 넘기고도 두 달 가까이 산통을 겪은 후 드디어 산뜻한 한 권의 책으로 태어났다. 서재에 쌓여 있는 책 뭉치는 나를 뿌듯한 희열 속으로 밀어 넣었다. 연말을 즈음해서 이런저런 모임에 나갈 때는 자필 서명한 책을 한 묶음씩 들고 나가서 나눠 주곤 했다.

아울러 한해가 저물어 가는 어느 날 '출판기념회 및 고희연'이란 이름으로 가까운 지인들과 수필 동아리 회원들을 초대했다. 요즘 세상에 나이 좀 먹었다고 무슨 연회를 연다는 것이 민망하긴 해도 책을 낸 김에 출판기념회란 이름을 붙여 밥 한끼 나누는 셈이다.

연초에 들면서 인연을 맺고 있는 수필단체 회원들과 지역 문협 동인들, 직장 동료와 학교 동문 등 지인들에게 보낼 우송 작업에 열을 올렸다. 근 한 달간 몇 차례에 걸쳐 책을 시집보냈다. 한 권 한 권 속표지에 서명할 때마다 받아볼 이의 얼굴을 떠올리면서 사랑을 듬뿍 담아 봉투를 여몄다.

수필에 몸을 담근 이후 적잖은 수필가들로부터 수필집을 받았다. 연륜이 흐를수록 책을 받아보는 횟수도 늘어났다. 나도 그분들에게 꼭 나의 책을 보내 드리고 싶었다.

　책을 보내고 며칠이 지나자 이메일이며 문자며 카톡으로 인사장이 쏟아져 들어왔다. 몇몇 분에게서는 친필 편지와 엽서도 받았다. 직접 전화를 주는 이들도 적잖았다. 그런 감사의 인사 한마디가 나를 은근히 달뜨게 했다. 그것 또한 이럴 경우에만 느낄 수 있는 희열 같은 것이 아닐까 싶다. 가깝게 지내는 어느 수필가가 보내 온 메일이다. 한동안 내 가슴을 먹먹하게 만들었다.

　"선생님의 책을 넘기다 유언 부분을 먼저 찾아 읽었습니다. 틈틈이 선생님 책을 펼 때마다 이상하게 그 부분을 다시 펴게 되고 그럴 때마다 눈시울을 적시곤 하네요. 절절해지는 이 마음. 만에 하나 선생님께서 회복되지 못하고 말았다면, 하고 가정을 하는 것도 아닌데 왜 이렇게 가슴이 먹먹한지. 70년 선생님의 인생이 훤히 보입니다. 강직하고 바른 생활, 밖으로 드러나지는 않지만 따뜻하신 성품까지요. 얼마나 공을 들여 보고 또 보았는지 알 것 같고 글은 책으로 봐야 한다는 말이 맞는 모양입니다."

　또 한때 같이 공부했던 수필가에게서 받은 메일에 적잖이 위안을 받기도 했다.

　"어느 수필가가 이토록 가족 사랑이 고스란히 담긴 수필집을 엮을 수 있을까요? 수필집을 읽는 내내 가족과 함께 행복하신 모습이 그려졌습니다. 문장도 별다른 수식이나 과장이 없어서 좋았습니다. 지난해 언뜻 건강이 좋지 않으시다는 이야기를 전해 들었는데 이렇게 큰일을 해내셨으니 정말 대단하십니다. 그리고 표지도 손자의 그림으로 장식해서 돋보였습니다."

아주 오래전에 한 부서에서 근무하긴 했어도 못 만난 지 십여 년이 넘는 직장 후배가 보내온 카톡이 나를 당혹스럽게 했다. 그는 결코 과장된 몸짓이나 헛소리를 늘어놓는 그런 사람이 아니었기에 더욱 그랬다.

"사실 아내가 수필집을 먼저 읽었습니다. 연신 '참 따뜻한 분이야. 나도 이렇게 글 좀 써봤으면 좋겠어. 당신도 어서 읽어 봐요.' 아내의 성화에 저도 읽으면서 아내와 똑같은 느낌을 받았답니다. 이렇게 마음이 따뜻해질 수가 있을까요. 잔잔한 감동으로 끄덕거리며, 순간순간 눈시울도 적시며, 혼자 파안대소하며 '맞는 말씀이셔' 어떻게 이렇게 맛깔스럽게 느끼고 표현하실까. 가족 이야기, 직장 이야기, 촌뜨기 이야기, 일상의 소소한 일까지 모두 저의 이야기입니다. 선배님의 삶의 궤적을 제가 그대로 뒤따라가는 듯합니다. 무디디 무딘 저의 감성에 따뜻한 필치로 잔잔한 파동을 일으켜 주셨습니다."

책을 만들고 또 그 책을 떠나보내면서 경황없이 수개월이 흘렀다. 누구는 폄훼하기를 '책은 만들어서 뭣 하느냐, 결국 쓰레기로 버려질 것을' 하는 거친 말에 마음이 상하기도 했다. 그런 질타가 전혀 어긋난 말만은 아닐지도 모르겠다. 그러나 아무리 갑남을녀 범부의 삶일지라도 우리네 여정旅程에 뭔가 흔적이라도 남기고 싶은 것이 또한 인간의 본원적인 욕망 아니겠는가. 소인배 소리를 들을지라도 나는 그 욕구를 떨쳐 버릴 수가 없었다.

　더구나 일신상으로는 대단히 큰 병고를 치르고 나서 아직 그 후유증에서 벗어나지 못하고 있는 상황에서 출간을 강행했던 터다. 어떤 일이든 다 때가 있는 법, 나는 칠순이 그때라고 생각했다. 전문 수필가들 중에는 십여 권이 넘게 책을 내는 초인적인 이들도 있지만, 나의 필력으로는 두 번째도 기약하기 어려운 것이 사실이다. 주변 정리가 일단락된 이즈음 심정은 개운함보다는 왠지 아쉬움이 더 크다.

일상의 부스러기들

손 명 선

무심한 햇살의 유혹에 이끌려 나선 산책길. 강변에 놓인 벤치가 나를 기다린 듯 반긴다. 물 위로 내닫는 바람이 눌러쓴 모자를 슬쩍 건드린다. 다가오는 봄기운에 겨울의 의미는 바래지고 나 또한 흐르는 세월을 넘지 못하고 흰머리 날리며 3월의 강가에 처연히 서 있다.

바람이 지나가며 강물을 춤추게 한다. 흔들리는 물결 위에 날개를 접은 괭이갈매기 한 무리, 무엇을 말하고 싶은지 꽥꽥 소리 내며 한 곳을 응시하고 있다. '찰싹' 물과 바위가 부딪히는 소리가 들린다. 고개를 들어 강둑에 눈을 돌리니 바람에 떠밀린 물결이 달려오지만 둑을 넘지 못한다. 바람은 어디서 오는가. 가끔은 바람이 이끄는 대로 끌려다니는 물결 같은 나.

누가 누구를 평한다는 것은 얼마나 주제넘은 짓인가. 자신이 저지른 것은 마땅하고 남이 잘못하는 것은 고깝게 받아들이니. 어쩌면 철들지 못한 자아집착이 아닐까. 좁은 소견으로 돌리기에는 살아온 세월이 얼마인가. 부지런히 닦으면 조금은 나아질까. 아직 곰팡이가 생기지 않은 것은 그나마 까치발이라도 세워서인지. '관에 들어갈 때까지 배워야 한다'는 말을 잊어버리지 말아야 하는데, 늘 깜빡깜빡하고 있으니.

강의실 창가, 열린 창틈으로 도시의 소리가 밀려 들어온다. 직선과 곡선으로 엇갈린 고가도로에 자동차들이 긴 행렬을 이루고 있다. 밑으로 청계천이 흐르고 좁은 산책로에 목발 짚은 한 사람이 걸어가고 있다. 목발은 신체적 부족함을 받들어 주지만 정신이 허한 것은 무엇으로 채우나. 그래서 쉽지 않은 저 길을 걸으며 자신에게 힘과 용기를 충전하는 걸까. 나도 자신을 위하여 강의실에 앉아 있다.

몸과 마음이 자유롭다. 아무것에도 얽매임이 없다. 잠이 오면 자고, 먹고 싶으면 먹고, 가고 싶으면 가고, 자신에게 엄격하지 않으면 모든 것이 제멋대로다. 규칙이 없는 생활이라 때론 흐트러진 모습이 되고 만다.

종일 입 다물고 있다 보면 생각의 군내가 생긴다. 군내라도 느낄 줄 알면 그나마 다행인데, 느낌은커녕 무미하고 건조한 말의 의미대로 그냥 멍히 있을 뿐 존재의 가치조차 사라지는 날이 있으니, 어쩌면 이것이 진정 자유인가.

전화가 울린다. 가까운 친구와의 수다로 또 다른 친구의 안부도 알게 된다. 심심하던 차에 신나게 말을 주고받는다. 한참을 그러다 보면 일상의 군것질마냥 입안이 껄끄럽다.

일 년여 투병생활을 하고 있는 친구의 전화 목소리는 밝다. 3개월의 항암 치료에 희망을 걸었던 친구다. 전화 속의 그는 '나는 괜찮다'고 언제나 말한다. 3개월이 몇 번을 지나도 차도가 없지만, 한 해가 다 가는 12월에 꼭 일어나 나를 만나겠다고 장담을 한다. 그건 자기와의 약속에 최면을 걸며 힘겨운 일상을 희망으로 채워가는 의지의 목소리다. 자기 마인드에 충실한 친구에게 박수치며 힘을 돋워 준다.

'너는 머지않아 일어날 것이다.'

스산한 저녁이면 힘이 빠진다. 커튼을 내리고 낮은 스탠드 백열등에 불을 밝힌다. 안온하고 은은하다. 고요 속에 무반주 첼로의 선율이 배어들면 마음이 편안해진다. 푹신한 소파에 전신을 묻어 본다. 이 나이에 내게 줄 수 있는 감성의 선물이다.

부조화

이 장 병

인도네시아 발리 섬의 오붓 지방. 대지의 뜨거운 열기를 식혀 주는 야자수, 파파야, 코코넛으로 우거진 숲. 우리네 초가집처럼 아랑아랑이라는 식물 잎으로 매년 덧엮어 만든 자연친화적인 지붕. 푸른 기운이 감도는 이웅강 지류의 악어와 평화롭게 공생하는 파충류들. 정열적인 원색의 야생화가 지천으로 피어 있다.

이곳은 35도를 오르내리는 뜨거운 햇빛이 종일 내리쬔다. 이 햇빛은 울창한 열대림 사이를 오르내리는 원숭이들, 거리를 어슬렁거리는 개, 이곳 원주민 모두를 열대림의 뜨거운 열기 속으로 동화시켜 버린다.

나는 혈육은 물론 모든 사람들과의 관계에서 자유로워지고, 나만의 고립을 즐기고자 두 달 예정으로 이곳 인도네시아 오붓 지방의 한 호텔에 묵고 있다. 어쩌면 낯선 세계로부터 일상의 권태로움을 위안받고, 삶을 환기시키는 즐거움을 맛볼 수 있을 것 같았다.

햇빛이 그리운 유럽 사람들은 이곳 열대림과 햇빛을 찾아 일 년 내내 북적거린다. 지하수로 가득 채워진 이곳 호텔 야외 수영장에도 햇빛이 아낌없이 쏟아져 내리고, 시도 때도 없이 비를 퍼부어 울창한 숲을 만들었다.

유럽인들은 수영장 비치의자에 누워 숲속의 바람소리와 함께 정신과 육체를 이완시키고, 무공해의 햇빛을 즐기면서 무한한 권태를 누리고 있다. 숲속에서 보내는 휴식은 완전히 자신을 자연에 동화시켜 버리는 것이다.

2층 숙소 테라스 의자에 우두커니 앉아 수영장을 내려다보다가 나도 저들처럼 햇빛을 즐겨 보고자 수영장으로 나갔다. 두 아이를 만났다. 이방인의 나이를 가늠하기는 어느 쪽에서나 쉽지 않다. 그들은 나를 육십 노인으로 생각하지 못하는 것 같다. 서로 서툰 영어로 몇 마디 주고받으며, 그들이 프랑스에 온 알퐁스, 알베르 형제라는 것을 알았다. 형제는 물속에 텀벙 뛰어들어 비치볼을 주고받으며 신나게 놀았다. 나는 그들을 물끄러미 바라만 보았다. 형제의 웃음소리가 물보라와 함께 햇빛 속에 투명하게 부서졌다.

아이들이 던진 비치볼이 풀장 밖으로 나오자 주워 주려고 비틀비틀 뛰다가 옆 의자에 앉아 있는 노년의 백인 부부와 시선이 마주쳤다. 노부부는 누구라도 눈이 마주치면 말을 걸고 싶은 눈길로 연신 주변을 둘러보고 있었다.

그러나 나는 그들과 대화하기에는 영어가 너무나 짧아 웃음으로 답했다. 여자는 머리가 크고 키가 작았으며 얼굴이 붉었다. 남자는 콧수염을 길렀으며 대책 없이 뚱뚱했지만 마음씨 좋은 노인처럼 보였다. 육중한 몸 때문에 혹시 비치의자가 망가질까 봐 걱정이 되었다. 노인은 햇빛을 즐기며 책을 읽고 있었다. 그 모습에서 품위가 느껴졌다. 나도 '비치의자에 누워 햇빛을 즐기며 책이나 읽어 볼까?' 하다가 바로 생각을 고쳐먹었다. 어쩐지 누런 피부의 일광욕, 조그만 체구에 책을 읽는 모습이 자연스럽지 않을 것 같았다.

갑자기 쏟아지는 소나기에 사람들이 정자 안으로 몸을 피했다. 우람한 체구의 백인 사이에 조그만 동양인 한 사람이 어색하게 끼어 있었다. 잠시 후 언제 그랬냐는 듯 하늘은 정신이 혼미할 정도로 뜨거운 햇빛을 쏟아냈다.

수영장에서 나와 주변을 둘러보았다. 반대편 비치의자에는 젊은 남녀가 꼭 붙어 햇빛을 즐기고 있었다. 비키니 수영복만 입고 있는 여자의 관능적인 풍만한 몸매, 그녀 옆에 누워 있는 남자 역시 단단한 체구에 떡 벌어진 가슴이 정력적이고 자신 있어 보였다. 그들은 파란 아이스박스에서 맥주를 꺼내 마시더니 입을 맞추었다. 더없이 자연스러웠다. 푸른 숲속의 수영장 주변과 잘 어울렸다. 나는 그냥 하늘을 쳐다보았다. 소나기를 뿌린 하늘은 형언

할 수 없이 파랬다. 다시 풀장으로 들어갔다.

물놀이를 하던 프랑스 아이들이 물속에서 나와 어른처럼 타월 위에 벌렁 누웠다. 그들에게서 샘물 냄새가 났다. 나도 비치의자에 누워 보았다. 내 몸에 비해 턱없이 컸다. 부조화란 이런 것이구나 하는 생각이 들었다.

마침 수영장 주변에서 풀을 베던 젊은 호텔 종업원 두 명이 긴 막대와 광주리를 가지고 왔다. 그들은 머리에 터번을 두르고 상의는 입지 않았다. 살갗은 구릿빛이었다. 원숭이처럼 타고 올라가 야자 열매를 땄다. 두 젊은이는 뜨거운 태양과 함께 무르익는 자연의 일부였다. 옳지, 저거다 싶어 그들에게 다가가 도와주겠다는 제스처를 했다. 그들은 빙긋이 웃으며 손사래를 쳤다.

나의 살갗은 그들의 구릿빛과는 너무나 차이가 났다. 자유로운 삶을 원해 이곳까지 왔음에도, 이제 그 구속됨이 전혀 없다는 사실에 얇은 불안감을 느끼고 있는 나 자신을 발견하고 흠칫 놀랐다. 그들의 원시적인 몸짓을 보고 있으니, 우리의 부질없는 욕심이 헛되어 보이기도 했다. 멋쩍게 서 있다가 다시 수영장으로 돌아왔다.

이곳 호텔은 숲속에 단독주택이거나 2층뿐이다. 수십 층 현대식 빌딩인 우리나라와는 아주 다르다. 내 숙소 아래층에 묵고 있는 동유럽 아가씨가 남자와 같이 타월을 두르고 수영장으로 나온다. 어제까지는 싱글이었다. 숙소에 들어오면 테라스에서 제법 진지하게 책을 보면서 뭔가를 쓰기도 하는 그녀에게 호감이 가서 눈인사를 하고 지냈었다. 남자와는 만난 지 하루쯤 됨직한데 그렇게 친근하게 보였다. 그녀가 활짝 웃으며 인사를 했다. 나는 어색함을 감추기 위해 고개를 숙이고 인사를 받았다. 이 숲속의 수영장에도 소설 못지않은 숱한 권태와 열정, 사랑, 즐거움이 녹아 있는 것 아닌가.

어느덧 해는 긴 그늘을 만들었다. 수영장의 샘물 냄새, 뜨거운 햇빛, 일광욕을 즐기는 유럽인들의 나른함, 자연의 일부가 된 원주민의 소박함, 이런 모든 요소가 뚜렷하게 잡히지 않는 삶의 본질과 교묘하게 뒤섞였다. 이곳 열대림의 자연에 동화되지도 못하고, 햇빛을 즐기지도 못하는 왜소한 동양인 한 사나이가 등을 구부리고 2층 숙소로 올라가고 있었다.

그때 그 아이

한 영 옥

어느 늦은 여름밤이었지. 한 동네서 우리 집을 중심으로 위로는 이모네가, 마을 끝에는 외갓집이, 아랫동네서 온다면 우리 마을의 첫 집인 셈이야.

엄마 심부름으로 외갓집을 가고 있었어. 집에서 십분도 채 안 되는 거리이고, 늘 다니던 길이니 무심히 가고 있었어. 도착할 즈음 난데없는 인기척이 나는 거야. 외갓집 다음으로는 아랫마을과 떨어진 한적한 곳인데 그 시간에 사람들이 오고가는 일은 드물지. 거기다가 몽둥이를 끌면서 길옆에 한창 무성히 자라고 있는 콩포기와 옥수숫대를 탁탁 치는 소리 같았어. 말투도 거칠게 하면서 말이야.

열세 살 단발머리 소녀는 겁이 났어. 앞으로 가면 마주칠 테고 엉겁결에 길옆 들깨밭으로 몸을 낮추고 기어들어갔어. 가슴은 사정없이 콩닥거리고 기어가던 애벌레가 적을 만난 것처럼 몸을 동그랗게 말고 쪼그리고 앉아서 그들이 지나가길 기다려야 했어.

들깨 포기 사이로 손전등 불빛이 번쩍거렸어. 야속한 그 불빛. 더 이상 작아질 수 없는 내 육체. 두더지처럼 땅속이라도 파고들 수 있다면, 그들에게 붙잡혀 산속으로 끌려가 마구 몽둥이질을 당하고 버려져도 아무도 모를 일인데.

그들이 가까이 지나치는지 들깨 포기가 일렁였어. 작아진 몸을 더 이상 어찌할 수 없어 눈을 꼭 감고 말았지. 내젖던 몽둥이가 하마터면 내 몸에 닿을 뻔했어. 휴~ 죄지은 것도 없는데 왜 그리 무서웠는지.

아이들은 동네 불량배였어. 동창들이었지. 우리는 한 해 선배들하고 놀았거든. 그들의 얘기를 가끔 들었지. 장발에 찢어진 청바지, 그야말로 호박에다 말뚝 박기, 유리창 깨트리기 등 그런 행동들이 싫었어.

겨울밤이었어. 선배들과 놀고 있는데 문창호지를 뚫고 팔뚝만한 몽둥이가 날아들었어. 그 아이들 짓이었지. 너희들이 왜 우리 동창하고 노느냐며 시비를 걸어왔어. 선배들은 우리 여자들을 안심시키고 밖으로 나가더니 얼마 있다가 조용히 들어왔어. 그들을 돌려보냈다고. 선배들이 멋져 보였지.

그 후 따로 만나 다툼이 있었다는 소문을 들었어. 어쨌든 그 뒤로는 다시 나타나지 않았지.

선배들과 놀 때 민화투로 뻥놀이를 하는데 아주 재미있었어. 빙 둘러앉아서 각각 화투 다섯 장씩을 들고 상대 쪽에서 내가 들고 있는 같은 끝수를 내면 뻥이 터지는 거지. 여기서 뻥! 저기서 뻥! 편을 갈라서 뻥이 많이 터지는 쪽이 이기는 거야. 그러면 이긴 쪽 의 요구를 들어줘야 해.

그날은 우리 팀이 졌어. 진 팀은 밖으로 나가서 무 구덩이에서 무를 훔쳐 와야 했어. 밖은 몹시 추웠지. 살금살금 무 구덩이를 찾 고 몇 명은 망을 보고, 드디어 무 구덩이에서 무를 꺼내 일어서려 는 순간 아주 가까운 곳에서 외마디소리가 났어.

"누구얏!"

희미한 달빛에 누군지 알아 볼 수 없었지만 엉거주춤 바지를 채 올리지도 못하고 소리친 거야. 볼일을 보고 있었나 봐.

달빛에 흑과 백은 구분할 수 있었어. 늦은 밤 조용하던 마을에 동네 워리들이 거세게 짖어댔지.

우린 놀던 방으로 돌아와 데굴데굴 구르며 웃었지. 방에 있던 이긴 팀들은 영문도 모르고 웃어댔어.

얼마 전 고향에 갔다가 초등학교 동창을 만났지. 바로 남동생 동네에 살고 있는 그 친구가 음식점을 한다면서 동생이 그 집으로 데려갔어. 외갓집 가는 길에 만났던 그 불량배 무리 중 하나였어. 그 아이가 아주 부자가 되었다는 거야.

키도 작고 피부도 까맣던 그 친구는 점잖은 중년의 모습이었어. 그냥 지나치면 몰라볼 만큼 말이야. 남동생이 그러더군.

"그 형이 누나 좋아했어."

"뭐? 그럴 리가⋯."

어려서 누나를 몇 번 불러 달라고 했는데 동생이 말하지 않았다는 거야. 난 그 친구에 대한 기억이 아무것도 없으니 아이러니야. 서로 얘기를 나눠 본 적도 없으니 기억이 있을 리가 없지.

식사를 마친 후 그 친구와 마주 앉았어. 사십 년이 넘는 긴 세월의 공간은 순간이더군. 어릴 적 모습이 없어서 신기하고도 반가웠지. 물어봤어. 날 기억하느냐고. 어이없다는 표정이었어. 냇가에서 빨래도 하고 밭에도 가고 많은 걸 기억하고 있었어. 우리 아버지가 무서워서 말 붙일 생각도 못했다고.

이제는 편하게 볼 수 있을 것 같아. 어릴 때 불량하던 그 아이가 잘 살아온 것 같아 반갑고, 고향을 지키고 있어서 고마운 일이라고 말해 주고 싶어서야.

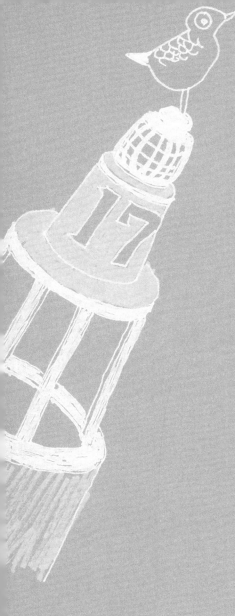

간절함
· 셋

돈 돈 돈

김 명 희

물건값을 계산하기 위해 지갑을 꺼냈다. 아뿔싸, 현금이 한푼도 없었다. 적은 금액이라 카드로 결제하기는 미안한 노릇. 난감해서 이리저리 주머니를 뒤져보니 다림질하지 않은 옷처럼 구겨진 돈이 줄줄이 나왔다. 그런데 그것들이 '지갑은 모양으로 가지고 다니냐'며 나를 나무라는 것 같았다.

미안하고 부끄러웠다. 나도 예전에는 돈을 함부로 다루는 사람들을 비난했는데 이제는 내가 그들과 같은 사람이 되어 버렸다. 굳이 변명하자면 이런 습관이 생긴 것은 돈 든 지갑을 몇 번 잃어버리고서부터였다. 어떤 생각에 골몰하다 지하철이나 버스에 가방을 놓고 내리기 다반사였던 나의 덤벙대는 성격은 시간이 흐를수록 건망증이란 놈과 함께 더 심해졌다.

그때 눈에 뜨인 것이 한 증권 회사 광고지였다.

'주식은 안전하게 분산 투자하세요.'

그때부터 나는 돈을 분산 관리한다는 구실로 지갑과 주머니에 나누어 넣기 시작했다. 예전에 어떤 갑부는 돈을 다림질해서 지갑에 넣어 다녔다고 한다. 자신을 아껴 주는 사람에게 그 마음이 따라가는 것이 만물의 이치라고 한다면, 돈을 마구 대하는 나의 이런 행동은 아마도 내가 지금까지 부자가 되지 못하는 이유일지 모르겠다.

내가 어렸을 적, 엄마는 고된 일상에 지칠 때면 가끔 가족들의 운세나 사주를 보곤 하셨는데 어느 날 나에게 이런 말을 하셨다.

"너는 돈을 많이 만지고 살 팔자라더라."

사람이란 나쁘다는 것은 잊어버리고 싶어 해도 좋다는 것에는 늘 마음이 끌리게 마련인가 보다. 비록 그것이 무속신앙이라 할지라도 나는 그 말을 믿고 싶었다. 그리고 열심히 노력하면 그 무속인의 예언처럼 부자의 꿈이 반드시 이루어지리라 생각했다.

기막히게도 그 말이 맞았다. 난 학교를 졸업한 후로 하루에 현금을 수천에서 수억까지도 만지며 사는 사람이 되었다. 그것도 거의 매일매일을. 그러나 나는 수많은 돈을 만지고는 살았지만 원 없이 쓰고 사는 부자는 되지 못했다. 내가 취직한 곳은 은행이었으니까. 그러니 그들이 풀이한 내 사주가 꼭 틀린 것만은 아니었기에 지금에 와서 엉터리라고 따질 수도 없는 노릇이다.

만지는 돈들이 다 내 것이라면 얼마나 좋을까. 견물생심이라고, 은행에서는 입사하는 사람들 생각이 다 나 같을까 봐 걱정되었던 모양이었다. 처음 출근하던 날 담당 책임자가 신입사원을 모아놓고 말했다.

"앞으로 여러분이 만지게 될 것은 돈이 아니라 매일 고객들에게 사고파는 상품입니다. 그것을 돈이라고 생각하는 순간 여러분은 유혹에 시달리게 되니 언제나 돈은 상품일 뿐이라고 생각해야 합니다."

그는 돈이 상품이라는 것을 현실적으로 가르치려는 듯 돈의 크기만큼 자른 종이 백 장씩을 우리에게 주었다. 그것을 보면서 돈을 종이처럼 생각하라고? 아니다. 첫 출근을 하면서 우리가 한 일은 그 종이를 돈처럼 세어 보는 연습을 한 것이었다. 내 손안에서 구겨졌다 펴지기를 반복하는 종이 다발과 한 달 동안 씨름하면서 돈과 종이는 같은 것이라는 어쭙잖은 철학마저 생겼다. 돈 너는 어떤 놈이냐?

돈은 분명 좋은 것이다. 그러나 내 것일 때만 그랬다. 아무리 많은 돈을 만지며 살아도 노력으로 얻어진 것만이 나에게 행복을 주었다. 성실하고 착했던 동료가 순간의 욕심으로 공금을 횡령해서 강제퇴직당하는 모습을 보았을 때, 돈은 완전 범죄를 할 수 있다 유혹하며 타락의 함정으로 빠져들기를 기다리는 무서운 악마 같았다.

'어서 와서 나를 가져가. 나는 모두 네 거야. 넌 절대 들키지 않아.'

내 것이 아닐 때 생기는 돈의 탐욕이 나는 두렵다.

은행은 가끔 고객에게 지급할 돈이 모자라면 다른 은행에서 돈을 사오기도 한다. 일정량의 현금만 금고에 보관하고 나머지는 모두 본점으로 보내야 한다는 규정 때문이다. 그런데 사온 돈들 중에는 자기가 머물다 온 삶의 행로를 몸으로 말해 주는 것들도 있다. 돈다발을 풀 때 손이 검어지면 탄광 지역에서 온 것이다. 그리고 비린내가 진동하면 노량진 같은 수산시장에서, 돈다발에서 고깃덩어리가 떨어지면 마장동 같은 축산시장에서 온 것이다.

어쩌면 돈처럼 우리 몸에도 알지 못할 색깔과 냄새가 묻어 나올지도 모른다. 나에게는 어떤 빛깔과 냄새가 날까. 부족한 인격과 탐욕이 비릿한 냄새를 풍기는 것은 아닐까? 돈은 나에게 과한 욕심으로 수치를 당하기 전에 삶을 늘 정갈하게 살아야 한다고 가르쳐 주는 스승 같았다.

그런 돈들이 가끔 그 운명을 나에게 맡기는 때도 있었다. 은행에서는 낡아서 쓸 수 없는 돈을 따로 모아 한국은행으로 보내는데, 묶여 있는 돈다발을 풀어서 쓸 수 있는 돈과 쓸 수 없는 돈으로 나눌 때마다 나는 마치 만물의 생사를 가르는 신이 된 기분이었다. 그래서 조금이라도 죽음보다는 삶으로 그 명을 끌기 위해 눈을 부릅뜨곤 했다.

자격 없는 심판자인 나에 의해 삶과 죽음의 길로 갈라지는 돈에는 죄가 없었다. 구기고 찢고 낙서하며 마구 학대한 사람에게 죄가 있을 뿐. 그것들은 자신의 소임을 다했기에 죽음 또한 겸허하게 받아들이는 듯했다. '그렇게 좋아한다면서 왜 나를 그토록 함부로 다루었느냐?' 한마디 분노의 소리도 외쳐 볼 수 있으련만 그저 늘 저항 없이 침묵한다.

　엄마가 본 내 사주가 맞기는 맞는 모양이다. 은행을 퇴직한 지 오래된 지금도 난 돈을 많이 만지며 산다. 인생도 인생 나름이고 돈도 돈 나름이니까. 나는 지금 돼지고기 전문 음식점을 운영하고 있다. 그것도 결국 돈豚이 아니던가. 세상만사 생각하기 나름이라고 했다. 어차피 내 인생에서 '많이 만지고 살 팔자'라고 정해진 것이 돈이라면 이제는 그것을 모든 사람에게 행복을 주는 도구로 쓰고 싶다. 배고픈 이들에게는 따스한 음식豚으로, 절망한 이들에게는 희망錢으로.

　나는 오늘도 허기진 사람들에게 포만한 행복을 주는 돈을 아낌없이 나누어 주고 있다. 비록 그 대가를 받기는 하지만 그들의 얼굴에 피어오르는 소박한 기쁨을 느끼면서 말이다. 돈복 많은 나는 요즘도 돈, 돈, 돈에 둘러싸여 살아가고 있다.

분홍 보따리

청   랑

늦은 여름밤, 한강변 벤치에 시커먼 물체가 움직인다. 두꺼운 점퍼를 입은 여자가 허리를 잔뜩 구부린 채 소주병을 손에 쥐고 있다. 옆에는 호위무사인 양 분홍 보따리가 그녀 곁을 지키고 있다.

오래전 우리 집은 구멍가게를 했다. 아이들의 주전부리부터 간단한 찬거리, 몇 종류의 담배와 술, 안줏거리를 팔았다. 엄마는 이른 새벽부터 골목 안 인기척이 끊어질 때까지 가게를 지켰다.

우리 가게에 한 단골 여자가 있었다. 오십 대 후반쯤의 그녀는 키가 작고 뼈가 툭툭 불거져 나온 여자였다. 그녀는 늘 가녀린 몸피 위로 꾀죄죄한 티와 허리 고무줄이 골반까지 내려온 몸뻬차림이었다. 방금 잠자리를 털고 나온 듯한 파마머리는 불에 그을린 것처럼 까슬까슬했다. 잔뜩 일그러진 그녀 얼굴을 마주하고 있으면 음울한 기운이 금세 전염되는 것 같았다.

그녀는 오로지 술을 마시기 위해 가게를 찾아왔다. 그것은 어쩌면 핑곗거리일 수도 있고, 홧홧거리는 속을 식혀 줄 누군가가 필요했을 게다. 가게에 들어서면 소갈증 난 사람처럼 소주를 대접에 부어 벌컥벌컥 들이켰다. 술을 마시지 않으면 불안감이 엄습해 와서 잠시도 견디기 어려워 또 술을 마셔야만 한다는 그녀. 엄마가 술병을 빼앗으면 알코올로 전신마취가 되어야 맷집도 쌔진다면서 한숨 대신 헛헛 웃었다.

맞는 것도 이골이 나는 걸까. 맞아서 죽으나 술병이 나서 죽으나 죽는 건 어차피 한가지라고 했다. 아무런 희망도 없이 삶을 체념한 듯한 그녀의 눈 밑이 퀭했다. 멍이 가실 사이도 없이 지속되는 구타로 살빛은 늘 파랬었다. 한 남자의 아내라는 허울로, 여자가 술을 마신다는 괘씸죄로, 다시는 안 마시겠다는 다짐을 받기 위해, 그녀의 건강이 걱정되어서, 이런저런 이유를 조목조목 챙기며 그녀의 남편은 그녀를 때리고 또 때렸다. 그 남자가 그녀를 때리는 행위는 순종적인 아내로 길들이기 위해서란다.

일찍 혼자된 엄마는 가게 보는 일 말고도 병명도 모른 채 자리보전하고 누운 큰오빠와 어린 손자들 돌보는 일로도 버거웠다. 또 술에 취한 그녀보다 엄마를 더 힘들게 한 것은 건너편에 있는 가게였다. 골목 입구에 자리잡은 두 가게는 생계를 위해 경쟁할

수밖에 없었다. 그래서 엄마는 단골을 빼앗기지 않으려고 정성을
다해 손님을 대했다.

퇴근해서 집에 오면 가뜩이나 좁은 가게에서 술에 취해 횡설수
설하는 그녀를 종종 보았다. 그녀의 발걸음이 잦아질수록 술값은
엄마 외상장부에 숫자만 늘려 줄 뿐이었다. 그런 사정을 아는 엄
마는 외상값을 채근하지 않았다. 어쩌면 등이 휠 것 같은 서로의
힘든 삶에 동지애를 느꼈는지도 모르겠다.

나는 그녀가 오는 게 싫었다. 처음엔 같은 여자로서 측은지심으
로 그녀를 동정했지만 끝도 없는 술주정에 귀찮은 존재로 변해 갔
다. 하루 종일 종종거리는 엄마에게 그녀의 불행한 삶까지 얹히는
것도 마땅찮았고. 무엇보다 내 이십 대의 꿈도 희망도 안개속이어
서 누구를 연민의 정으로 볼 여유가 없었다. 큰오빠의 몇 년째 지
속된 병으로 인해 생계를 책임지느라 고생하는 엄마만 아니면 진
즉 집을 나갔을 것이다.

어둠이 찾아들면 엄마는 지쳐갔고 나는 퇴근하면 엄마를 도와
가게를 지켰다. 골목에 발소리가 잦아들 때쯤이면 남자 취객들이
술에 대한 아쉬움으로 가게에 들르곤 했다. 그들은 실실 농을 던
졌지만 나는 못 들은 척, 가게 문을 닫아 버렸다. 서럽고 진저리가
났다.

무리한 탓일까. 건강이 나빠진 엄마는 더 이상 가게를 볼 수가
없었다. 우리 집은 이 년쯤 운영하던 가게를 접고 그곳을 떠나왔

다. 그 후로 한동안 그녀의 소식을 듣지 못했다. 어쩌면 가난의 질곡이 부스럼처럼 들어앉은 그곳을 더 이상 생각하고 싶지 않았는지도 모른다. 큰오빠도 차츰 건강이 나아져서 일을 시작했다.

어느 날 퇴근하여 집에 와 보니 놀랍게도 그녀가 안방에 누워 있었다. 얼굴도 몸도 성한 곳이 없었고 여러 곳을 전전하다 급기야 엄마를 찾은 것이다. 엄마가 그녀를 위해 해 줄 수 있는 건 며칠 잠자리를 제공해 주는 것뿐.

아이러니컬하게도 그녀의 남편은 알코올중독자였다. 하루도 술이 없으면 살 수 없다는 그는 술만 취하면 폭군으로 변했다. 술에서 깨어나면 언제 그랬냐는 듯 다정다감한 남편이 되었고. 컴컴한 수렁 속에서 실낱같은 희망을 부여잡고 하루하루를 기적처럼 견디다가 죽음 문턱에 다다를 즈음 지친 영혼과 육신을 이끌고 도망쳐 나온 것이다.

남녀가 행복해지기 위해 선택한 결혼이 '남편'이라는 권위로 한 여자의 인생을 송두리째 꺾어 버렸다. 이런 현실을 혼자 힘으로 어찌할 수 없어 도움을 청하면 가정사라며 간섭하길 꺼리는 우리의 현실이 답답하고 억울하기만 하다.

며칠 후 그녀는 떠났다. 염치가 없었겠지만, 더 이상 우리 집도 안전지대가 아니었다. 그녀의 남편이 어떻게 알아냈는지 다 알고 있다며 엄마를 다그쳤다. 갈 곳도 정하지 못한 채 서랍장 위에 분홍 보따리 하나를 남겨두고 그녀는 황망히 떠났다. 자리 잡으면 다시 찾아가겠다는 말을 남기고서.

　엄마는 그녀의 보따리를 볼 때마다 마음이 편치 않은지 깊은 한숨을 내쉬었다. 남루한 보따리가 마치 그녀의 애절한 눈빛을 보는 듯하다고.

　까마득한 기억 저편의 일이 한강변 벤치에 앉은 여자를 보면서 생각났다. 오늘 밤 그녀가 차지한 벤치는 온전히 그녀의 몫이 될 것이다.

　여자의 머리 위로 보름달이 훤하다.

열아홉 살 코코는 오렌지색 타임머신을 탄다

조 유 안

세상이 변했다. 십 대들의 전유물이라고 여겨지던 '팬 문화'에 대한 인식도 바뀌었다. 소위 '이모팬' '삼촌팬'이라고 불리는 사오십 대 사람들이 텔레비전에 나와, 자신은 누구누구의 팬이라고 당당하게 말하고 있으니 말이다. 그들은 팬 활동을 하는 것이 팍팍한 현실 속에서 얼마나 위안이 되는지, 얼마나 긍정적인 힘을 얻게 되는지에 대해 열변을 토하고 있다. 당시의 분위기 때문에 당당히 고백을 하지 못했을 뿐, 나야말로 이모팬의 원조인지도 모른다.

내가 배우 K의 팬이 된 지도 벌써 십 년이 넘었다. 우연히 보게 된 영화에서 그는 고등학생인 남자 제자에게서 17년 전에 죽은 연인의 모습을 발견하고, 그가 그녀의 환생인 것만 같아 그 남학생에게 빠져들며 고민하는 선생님 역을 하고 있었다. 영화를 보는 내내 그의 역할에 완전히 감정이 이입되어 끝나고 나서도 한동안 자리에서 일어날 수가 없었다. K라는 배우를 이미 알고 있었음에도 그가 그렇게 보석 같은 연기를 하는 사람이라는 것을 왜 진작 몰라보았는지 이상하게 생각되기까지 했다.

백 마디의 말이 담겨진 듯 신비로운 눈빛. 절묘한 순간에 흔들리는 속눈썹. 슬픔을 애써 참느라 이를 앙다물었을 때 관자놀이의 미묘한 움직임. 비단의 씨줄과 날줄처럼 빈틈없이 엮인 섬세한 연기. 하지만 그것이 연기라는 것을 알아챌 수 없도록 자연스레 관객의 마음을 끌어들이는 능란함. 그 영화에서 K가 보여 준 연기의 깊이는 바닥을 알 수 없는 우물 같았다. 저항할 새도 없이 나는 그 우물 속으로 풍덩 빠져들고 말았다.

집에 오자 컴퓨터를 켜고 그의 지난 작품들을 찾기 시작했다. 컴퓨터에서 찾기 힘든 작품은 비디오테이프나 DVD를 구입했다. 밤이 새도록 그가 출연한 영화며 드라마를 보았다. 아주 중요한 약속 외에는 꼼짝하지 않고 하루 종일 컴퓨터 앞에서 살았다. 식탁에 앉아 밥 먹는 시간도 아까워 비빔밥을 만들어 컴퓨터 앞에서 먹는 일이 다반사였다. 거울에는, 헝클어진 머리에 수저 하나 꽂힌 양푼을 든 여인이 급하게 방으로 들어가는 모습이 매일같이 비치곤 했다. 갈수록 눈이 침침해지고 다크서클이 턱까지 흘러내렸다. 그래도 나는 행복하기만 했다.

영화와 드라마를 섭렵한 것이 팬 생활의 1기였다면, 인터넷상의 커뮤니티 활동으로 접어든 것이 2기라고 할 수 있을 것이다. 당시 K가 출연 중인 드라마가 돌풍을 일으키면서 그의 팬이 기하급수적으로 늘고 있었다. 인기와 함께 여러 개의 '팬사이트'가 생겨났다.

처음 접해 본 '팬사이트'는 경이 그 자체였다. 세상에 열정 있는 사람들은 모두 그곳에 모인 것 같았다. 한류 초기였던 당시 중국, 일본, 대만 등지에서 올라오는 K에 관한 기사나 게시물들은 팬들에 의해 거의 실시간 우리말로 번역되었다. 헤아릴 수 없이 많은 사진, 동영상을 비롯해 작품을 분석하는 진지한 글과, 재치 있고 발랄한 글들이 쉴 새 없이 게시판을 달구었다. 그곳들을 돌며 K에 관한 방대한 자료와 끊임없이 올라오는 글을 읽다 보면 어느새 창밖은 어둑해졌다.

몇 달을 읽기만 하다가, 어느 날 문득 나도 글을 쓰고 댓글을 달며 그들과 함께 호흡하고 싶어졌다. 글을 쓰려면 회원 가입을 해야 했다. 이십 대가 주를 이루는 그곳에, 사십 대도 후반에 들어선 내가 차마 신상을 공개할 용기가 나지 않았다. 단지 타이밍을 제대로 못 맞추어 태어났을 뿐인데, 나이 때문에 주눅 드는 자신이 서글펐다.

"나이든 여자 가슴에도 산들바람 불고 꽃도 핀단다."

구시렁구시렁 혼잣말을 하던 중, 머릿속에서 반짝하고 전구 하나가 켜졌다. 나는 즉시 딸의 이름을 빌려 회원 가입을 했다.

드디어 나는 닉네임이 '코코'인 열아홉 꽃띠가 되어 온라인상에 화려하게 등장했다. 그곳에서 나는 단지 나이가 어리다는 이유만으로 열렬한 환영을 받았다. 하지만 한편으로는 그들을 속이는 것 같아 마음이 편치 않았다.

어느 날, 흘러내린 앞머리가 거추장스러워 무심코 컴퓨터 옆에 놓여 있던 헤어밴드를 했다. 놀이동산에서 산 오렌지색 커다란 리본이 팔랑이는 딸의 헤어밴드였다. 순간, 불편하던 마음은 어디론가 사라지고 내가 정말 열아홉 살로 돌아간 것 같은 상큼한 기분이 들었다. 나는 그것을 타임머신이라 불렀다. 그 사이트에 들어갈 때면 오렌지색 타임머신은 어김없이 내 머리 위에 올라앉아 있었다.

매일 글을 올리고 댓글을 달았다. 이미 그들이 사용하는 독특한 단어와 문장 스타일에 익숙해져 있어 내 글을 보고 나이를 의심하는 사람은 없었다. 신이 난 손가락이 자판 위에서 나비처럼 날아다녔다.

어느 첫눈 내리던 날이었다. 저녁 무렵에 들어간 그 사이트는 다른 때보다 몹시 술렁이고 있었다. K가 그곳에 와서 '번개팅'을 제안했다는 것이다. 그가 썼다는 글을 찾아 읽었다. '첫눈이 왔습니다'로 시작되는 그의 짧은 글은, 첫눈이 오는데 만날 사람이 없는 분들은 한 시간 후 압구정 모 아이스크림 가게로 나오라며 '혹시 저 혼자 아이스크림 먹다 가는 처량한 일은 없겠죠?'라는 우려

섞인 농담으로 끝나 있었다.

　"저는 왜 지방에 살까여. ㅜㅜ."

　"가시는 님들에게 빙의 되고 싶어요!!!"

　그가 쓴 글 아래로 순식간에 수백 개의 댓글이 굴비 엮이듯 달렸다.

　'빙의는 나도 되고 싶단다, 얘들아.'

　혼잣말로 괜한 농담을 하며 댓글을 읽고 있는데 딸에게서 전화가 왔다.

　"엄마, 나 이제 집에 갈 거야."

　"어딘데?"

　"응, 강남. 어, 버스 온다. 저거 타고 금방 갈게."

　"안 돼, 타지 마!"

제2의 고향, 서울

서 장 원

　서울에 터를 잡은 지 삼십칠 년째다. 사람 사는 게 다 우연의 연속이라지만 내가 서울로 올라오게 된 것도 온전히 우연이다. 이삼십 대 젊은 시절, 서울은 내 삶의 영역에서는 한참 벗어나 있었다. 고향 산골에서 삼 년째 근무하면서 우물 안 개구리 신세를 면치 못하고 있었다고나 할까.

　점차 지루해할 즈음, 청주로 나가볼까 하는 궁리를 하며 지낼 무렵이었다. 1970년대 말 9월 어느 토요일, 뜻밖에도 중앙본부의 모 부서로 발령이 났다. 나의 뜻과는 전혀 무관한 발령이라서 한순간 어리둥절한 채 멍한 기분에 빠졌다. 촌뜨기가 하루아침에 전혀 새로운 낯선 환경에 던져진 셈이었다.

　월요일, 상사에게 양해를 구하고 서울로 향했다. 발령받은 부서에는 마침 대학 선배가 근무하고 있었다. 그 선배에게 다가가서 귀엣말로 물었다.

"선배님, 여기로 발령이 났는데 어떻게 된 것이에요?"

그러나 그 선배도 전후 사정을 전혀 모르고 있었다.

얼마 후 서울로 올라오게 된 연유를 알게 되었다. 같은 부서에 근무하는 책임자 한 분이 그곳 출신이었다. 그의 부친은 내가 근무하던 군 소재지 조합장이었다. 내 아버지보다도 훨씬 더 윗 연배인 그분과는 업무상 거의 매일 얼굴을 마주할 만큼 가까웠다. 큰 자제가 중앙회에 근무한다는 사실도 알게 되었다. 그러나 나는 그를 한 번 본 적도 없고 고등학교 대선배라는 사실도 나중에 알았다.

그 조합장은 이따금 내려오는 아들에게 넌지시 내 얘기를 흘렸던 모양이다.

"애, 그 군조합에 지도참사 일 보고 있는 젊은 친구 있잖아. 기회 봐서 서울로 좀 끌어 줘라."

그런 말이 빌미가 돼서 상사는 마침 부서 내에 빈자리가 나자 선뜻 나를 추천한 모양이었다. 당사자 의사를 묻기는커녕 전혀 알지도 못하는 상황에서 서울로 발령이 난 터였다.

하루아침에 시골 살림을 접고 서울로 올라왔다. 버스 차창 너머로 몇 번인가 스치듯 했던 낯선 서울, 그 서울에서 단칸방 셋집을 얻었다. 넉넉지 못한 형편에 자리가 잡힐 만하면 이삿짐을 쌌다

풀었다 하면서 점차 서울 생활에 익숙해 갔다. 딸 둘을 데리고 올라와서 이듬해는 아들도 낳았다. 아내는 월급쟁이 봉급에 쪼들리면서도 세 아이와 함께 억척으로 살림을 꾸렸다. 나와는 무관한 듯 세월은 흐르고 그에 발이라도 맞추듯 가족들은 녹록지 않은 대도시 생활에 적응해 갔다.

시골 생활 삼십삼 년에 서울 생활 삼십칠 년이 더해져 내 나이 올해 일흔을 헤아리게 됐다. 그간 온 가족이 전주로 내려가 한 삼 년 살다 올라온 적은 있어도 나머지 시간은 온전히 서울을 떠난 적이 없다. 다만 직장 관계로 나만 고향 충북과 서울을 두 차례 오르내렸다. 그것도 나에겐 더없이 소중한 삶의 편린으로 오래도록 간직하고 싶은 추억이 되었다.

오로지 농민과 농업과 농촌을 생각하며 지낸 삼십 년 농협 생활을 별 탈 없이 마쳤다. 그 세월을 돌이켜보면 가슴에 맺히는 아픔도, 큰 자랑거리도 별반 없는 지극히 평범한 생활이었다. 그래도 셋방살이 설움에서 벗어나 번듯한 내 집을 마련한 것이 가장 행복했던 것 같다. 그 직장이 내 삶의 기반이 되고 내 가정을 건사했다.

새삼 서울 생활을 시작할 즈음을 뒤돌아보면서 나를 이끌었던 선배를 떠올렸다. 아내와 함께 내외분을 정중하게 초대하는 자리를 마련했다.

"선배님은 기억하시는지 모르겠지만 제가 옛날에 선배님이 끌어 주셔서 서울에 올라왔잖아요. 기억나세요?"

"그랬나? 그래, 생각나. 그때 시골에 내려가면 아버님께서 자네 얘기를 하곤 하셨지. 젊은 사람을 촌에서 썩게 할 수는 없지 않냐고 하시면서 말이야."

"그 당시 저는 서울은 생각도 못하고 있었는데 선배님 덕분에 서울 사람 다 됐습니다. 이 사람도 항상 고마워하고 있어요."

"나야 뭐 잊고 있었는데 그렇게 생각하다니 반갑구먼."

선배는 새삼스레 흐뭇해하는 기색이었다. 우리는 삼십여 년 전 고향 이야기며 직장 이야기로 꽃을 피웠다. 이야기 끝에 아들 이름에 얽힌 사연을 꺼냈다. 아들을 낳고 나서 이름을 지을 때의 일이었다. 집안 돌림자가 동녘 동東자라서 '동현'을 떠올렸는데 마침 그 선배 이름과 같아서 망설이지 않을 수 없었다. 이리저리 재다가 '동훈'으로 호적에 올렸다. 선배는 그랬었느냐며 박장대소했다.

그 아들이 장성해서 장가를 가고 이제 두 아이의 아빠가 되었다. 그만큼 세월이 흘렀고 그동안 서울도 수도首都로서의 면모와 국제도시로서의 모습에 걸맞게 엄청 변했다. 상경한 지 삼십칠 년, 그 세월 동안 서울의 변화도 필설로 다하기 어렵지만 나와 내 가정도 많은 변화가 있었다. 겨우 아장아장 걷거나 서울에서 갓 태어난 아이들이 모두 일가를 이루었고 내 슬하에는 손주가 여섯이나 생겼으니 이보다 더 큰 변화가 어디 있으랴.

나의 일상생활은 서울이라는 울타리 안에서 인연의 나래를 펴고 접는다. 이제 나에게 서울은 제이의 고향이자 보금자리다. 어찌됐던지 남은 생에서 결코 서울을 떠나지는 않을 작정이다. 그만큼 서울 생활에 적응한 때문인지 이제 나도 서울내기가 다 된 모양이다.

내 생의 전반이 시골뜨기였다면 후반은 서울뜨기로 마감을 할 것이다. 그렇다고 고향에 대한 아련한 향수마저 떨쳐 버릴 수는 없다. 수구초심首丘初心이라 했거늘 어찌 고향을 잊을 것인가.

꽃비 내리는 소리

서 정 순

　해운대를 지나 청사포로 넘어가는 길, 달맞이고개는 흐드러진 꽃들로 꽃대궐을 이루고 있다. 꽃길을 걷다가 눈에 익은 카페 앞에서 걸음을 멈추었다. 아! 이곳은 지하에서 바다가 보이고 주인의 색소폰 연주가 좋았던 곳이다. 바뀐 간판과 주인은 낯설었지만 테이블과 의자는 그렇지 않았다.

　십여 년 만에 찾은 이곳은, 사실을 고백하면 영문도 모른 채 내 아픔이 시작된 곳이다.

　그날, 색소폰 연주를 함께 듣던 친구들이 갑자기 붕어처럼 입만 벙긋벙긋했다. 왜 그러지? 어리둥절했다. 그리고 어질어질 몽롱해졌다. 정신을 차려 보아도 그들의 이야기 소리가 들리지 않았다. 두 귀를 곤두세워 보았지만 아무 소리도 들리지 않고 먹먹했다. 우스운 이야기였는지 친구들이 와 하고 박장대소하는 모습을 보고 한 박자 늦게 겸연쩍게 따라 웃었다.

당황스러웠다. 자를 대고 빗금을 딱 그은 것처럼 조금 전과 후가 달랐다. 그렇게 한참을 있다가 친구들에게 내색하지 않고 숙소로 돌아왔다. 삼십 분만 자고 일어나야지 했는데 눈을 떠 보니 아침이었다. 오른쪽 귀는 아침이 되어도 마찬가지였다.

서둘러 서울로 돌아왔지만, 다음 날에야 동네 이비인후과에 갔다. 큰 병원 응급실로 빨리 가라는 의사에게, 점심 약속이 있는데 식사 후에 가면 안 되느냐 했더니, 의사는 어처구니없다는 표정으로 지금 밥이 문제가 아니라고 호통을 쳤다.

종합병원에서 나온 결과는 돌발성난청이라고 했다. 처음 들어본 병명이었다. 왼쪽에서 전화벨이 울려 고개와 오른손이 왼쪽으로 돌아갔다. 그러나 전화기는 오른쪽에 있었다. 오른쪽 난청이 왼쪽보다 불편하다는 생각이 든 것은 내가 오른손잡이기 때문일 것이다. 익숙한 쪽의 난청으로 허둥대는 생활이 시작되었다.

입원 사흘째. 문병 온 사람들을 위해 음식을 주문하려고 전화기를 들었다. 습관적으로 또 오른쪽이었다. 갑자기 모기 소리가 들렸다. 아차, 싶어 전화기를 왼손으로 옮기면서 입원실에 모기가 있나 두리번거렸다. 전화를 하다 말고 두리번거리는 나를 보고 방문객은 영문을 몰라 했지만, '에앵 에앵' 하는 소리가 분명히 들렸다. 한참 후에야 아무 소리도 들리지 않던 오른쪽 귀에서 전화

상대방의 목소리가 그렇게 들렸던 것을 알았다.

간호사를 불렀다. 나아가는 징조라고 말하는 간호사는 마치 3월의 크리스마스 선물을 들고 온 것처럼 웃었다.

청력이 돌아오는 소리는 그렇게 모기 소리처럼 시작되었다. 다음 날은 벌이 날고, 또 참새가 짹짹거리고, 이레째 되는 날은 장닭이 푸드득거리며 홰를 치는 소리가 들리는 청력검사를 받았다.

오른쪽 청력은 거짓말처럼 멀쩡해졌다. 퇴원 후에도 수시로 체크를 하고 여섯 달 후 완치 판정을 받았으나, 의외로 많은 사람들이 퇴원 후 통원치료를 받고 있었다. 또 치료 시기를 놓쳐 영구장애를 가진 사람들이 꽤 있었다.

한쪽 귀로는 들을 수 있기 때문에 조금만 불편을 감수하면 일상생활을 할 수 있는 게 문제였다. 시간이 없어서, 귀찮아서 이런저런 핑계로 포기했던 사람들. 한쪽 귀마저 안 들리게 되면 치료 시기를 놓친 것을 알고 후회하게 된다. 잃고 나서야 소중한 것을 알게 되는 것이다.

처음 갔던 동네 병원 의사가 응급실로 가라고 호통을 치지 않았다면 나도 치료 시기를 놓쳐 장애를 가지게 되었을지도 모른다. 그 후에도 피곤하거나 감기가 들면 오른쪽 귀부터 아파온다. 그래서 병원에 가면 늘 병력을 고백하지 않을 수 없다.

십여 년이 지나 나른한 꿈같은 기억 속의 오른쪽 귀에게 안부를 묻는다. '초속 5센티미터로 떨어진다'는 벚꽃을 보기 위해 다시 꽃대궐로 들어가야겠다. 그때는 작은 소리라도 들으려고 귀를 열었는데 지금은 듣고 싶지 않아도 사방에서 들리는 온갖 소리들로 귀를 막고 싶을 때가 있다. 귀로 듣기보다 눈으로 마음으로 감성으로 먼저 들리는 소리, 꽃비 내리는 소리를 들을 수 있는 봄날이 아닌가.

실명失名 시대

서 민 웅

　요즘은 숫자가 대세다. 어느 날 저녁 라디오방송, 신청곡을 받아 노래를 방송하는 프로그램이었다. '1243님이 전화를 해 오셨네요. 연결해 보겠습니다.' '이번 곡은 6729님이 신청하셨습니다. 들려드리겠습니다.' '아, 0866님이 의견을 보내 오셨네요. 읽어 보겠습니다' 라며 진행하는 방송을 들었다.

　이런 관행이 2000년대 중반부터 생겼다고 하니 그 역사가 십여 년은 되는 것 같다. 그전에는 주소 중에 번지만 빼고 이름을 대는 방식으로 진행되었다. 내 경우라면 '서울 서대문구 대현동에 사는 서민웅…' 하는 식으로 소개했었다.

　내가 빈번하게 가는 은행에서 일을 처리해 보자. 은행 안에 들어가 번호표를 빼고 보면 기다리는 사람은 그가 남자건 여자건,

젊은이건 늙은이건 얼굴은 달라도 모두 번호로 변한 사람들이다. 그러니 어떤 때는 손에 쥔 내 번호가 잘 있는지 또는 몇 번인지 다시 확인하곤 한다. 내가 누군지 확인하는 것이다. 전광판이 띵 하고 올리며 번호가 떠오르면 그 순서에 따라 행원이 아무 말을 하지 않아도 사람들은 움직인다. 그 기계 번호가 표시된 행원 앞으로 가야 한다. 내 의사는 어디에도 나타낼 수 없다.

새로 거래를 트려면 비밀번호를 정해야 한다. 마음은 갈등을 느낀다. 전에 쓰던 비밀번호로 정하면 인터넷에 내 비밀번호가 둥둥 떠다녀 사기꾼이 내 돈을 제 돈인 양 빼갈 것 같고, 새로 만들자니 다음 거래할 때 내 비밀번호를 내가 잘 기억할지 자신이 없기 때문이다.

아무리 출금이 급하더라도 비밀번호 숫자 네 개가 이건지 저건지 헷갈려 세 번만 잘못 누르면 기계와 더 대화할 수 없다. 기계는 나에게 너를 너로 인정할 수 없다는 판단을 내린 것이다. 나는 마치 죄를 지은 심정으로 번호가 틀린다는 행원에게 그 번호인 줄 알았는데 하며 어정쩡하게 변명한다. 주민등록증을 가지고 얼굴과 사진을 대조해서 본인을 확인했는데도 소용이 없다. 돈은 급한데 난감한 일이 아닐 수 없다. 비밀번호를 변경하라는 행원의 생색에 다시 서류를 작성해 제출하고 새로 정한 비밀번호를 누르고서야 내가 나로 되어 일을 볼 수 있다.

쉬러 가는 목욕탕도 다르지 않다. 요금을 내면 상냥한 여인이 컴퓨터에서 번호표를 빼준다. 나는 번호표를 받아들고 벽에 붙여 놓은 신발장으로 금방 받은 번호가 붙은 칸을 찾아간다. 신발을 넣고 번호표에 붙은 자물쇠로 잠그고 옷장으로 걸음을 옮긴다. 번호표를 다시 한 번 확인하고 줄지어 있는 옷장에서 옷장 칸의 번호를 찾아낸다. 만약 번호를 착각하고 옆 칸에 열쇠를 잘못 꽂아 넣었다간 화재경보기에서 나는 경고음이 난다. 그때 나는 그 칸의 물건을 훔치려 했던 것처럼 되어 총 맞은 노루처럼 화들짝 놀라 얼른 열쇠를 빼내 내가 도둑이 아니었음을 나타낸다.

열쇠가 붙은 번호표라서 손목이나 발목에 끼워 관리를 잘 해야지 손에 들고 다니다가 어디에 놓고 깜빡하면 그 번호표를 찾을 때까지 목욕보다 번호표에 신경을 써야 한다. 더구나 당황하여 매번 임시로 받은 번호표의 번호를 까먹으면 난감하기 이를 데가 있다.

구두 닦은 걸 잊고 신발장 내 번호칸에 열쇠를 꽂았다가는 역시 여기 돈 내지 않고 나가는 사람이 있다고 기계는 괴성을 지른다. 나는 변명할 기회도 없이 비양심적인 사람이 되어 버리고 만다. 얼굴이 상기되어 얼른 계산대로 가서 돈을 내고 양심을 버리지 않았다고 증명해야 한다.

가끔 집에서 사용하는 가스기기나 보일러, 냉장고나 텔레비전, 전화 같은 가전품이 고장난다. 관계 회사에 전화를 걸어보자. 회사마다 친절하게도 소비자 서비스 번호가 있다. 그 번호는 자동응답 전화로 수화기에선 지시를 시작한다. 주민등록번호 앞자리

또는 뒷자리, 전화번호 뒷자리를 누르고 또 별표를 누르고 이어서 문의할 업무를 숫자로 불러주고 해당하는 번호를 누르라고 한참이나 지시한다. 나는 수화기에서 지시하는 대로 숫자를 틀리지 않고 누르려고 집중해서 들으면서도 짜증이 난다. 고장이 나서 신고하는데 이렇게 숫자만 자꾸 누르라고 하니 고객을 위한다는 서비스 전화번호인지 고객을 불편하게 해서 민원을 줄이려는 것인지 헷갈린다. 숫자를 누르지 않고 직통으로 연결되면 왜 안 되는지 모르겠다.

지난 메르스(중동호흡기증후군) 파동은 전 국민이 숫자와 번호에 익숙하게 하는 부수효과를 충분히 냈다. 소위 메르스 확진자에게 붙여진 일련번호 때문이다. 1번은 국내 최초의 메르스 환자이고, 14번은 삼성서울병원 응급실 슈퍼전파자다. 35번은 메르스 감염자로 서울시장과 한판 붙은 삼성서울병원의 의사다. 141번은 검사결과를 기다리라는 의료진의 말을 진료해 주지 않겠다는 것으로 알고 응급진료소를 뛰쳐나간 개념 없는 환자다. 181번, 183번, 185번 이렇게 확진 환자의 번호가 늘어감에 따라 메르스에 대한 두려움과 공포로 온 나라가 술렁거렸다. 거리나 버스, 지하철에는 대부분 마스크를 한 사람들이고, 혹 옆자리에 앉은 사람이 기침이나 재채기를 하면 자리를 피하는 옆 사람 기피증까지 걸리게 하였다.

어디 이뿐이랴. 식당도, 영화관도, 주말농장도 그렇고, 동사무소나 우체국까지도 그렇다. 오히려 그렇지 않은 곳을 찾기가 더 힘들다. 이제 세상은 나이도 관계없고 남녀 구분도 필요 없고 오직 순서만 나타내는 번호만 중요할 뿐이다. 요구하는 방식도 이곳저곳이 자기들 멋대로 정해 서로 다르다. 이곳에서는 생년월일을 대라고 하고, 저곳에서는 주민등록번호를 대라고 하며, 또 다른 곳에서는 전화번호나 비밀번호를 대라고 한다.

이름은 그 사람의 인격을 상징한다. 한번 지은 이름은 실체처럼 주인을 따라다니며 생사고락을 같이한다. 부모는 자식 이름만은 잘 지으려고 덕망 있는 작명가를 찾기도 한다. 누구나 자신의 이름이 명예로운 일에 오르기를 바란다. 어떤 일이 그릇되면 내가 성을 간다고 하던 오기도, 이름 석 자를 걸고 주장하던 패기도 모두 어디로 사라지게 만든 것일까.

기계의 범람 속에 개인의 실명實名 보호나 개인정보 보호라는 이름으로, 익명 속에 자신을 감추기 위해서, 또는 대상자를 확인하지 않아도 책임지지 않는 편리함 같은 이유야 여러 가지가 있겠다. 내가 직접 내 신분증을 가지고 다니며 나를 확인시켜도 숫자와 번호가 더 확실하고 효력이 있는 시대, 바야흐로 실명失名 시대다.

새 달력을 걸며

정 옥 순

전래 풍습대로 차례와 세배로 설날을 보낸 뒤 제각기 처소로 돌아간 조용한 밤, 책상 앞에 앉아 일기장을 연다. 지난해 정월 초하룻날 그랬듯이 일기장 한쪽에 줄을 바꿔 커다랗게 세로로 二千一六年 丙申年이라 썼다.

영겁을 두고 뜨는 해는 다름없지만 어쩐지 숙연해진다. 미지에 대한 두려움일까 기대감일까 마음이 가다듬어진다. 촛불에 소지를 사르는 어머니처럼, 두 손 모아 기도드리는 수녀처럼 경건한 마음이다. 잠시 후 마음의 소리를 듣는다.

버려라 버리면 가벼워지리라.
웃어라 웃으면 즐거워지리라.

닦아라 닦으면 윤이 나리라.

버려라 버리면 가벼워지리라

적어 놓고 읽어 본다. 어! 참 재미있다. 또 읽어 본다. 그려! 버
려야지. 이 몸마저 버려야 할 나이에 암, 버려야지. 작은 일에도
곧잘 마음 상하는 이 용렬한 마음을 버려야지. 지나친 시새움도
버려야지. 가질 수 없는 욕망이나 탐심도 버려야지.

내게는 어떤 지위도 권력도 재력도 없지만 이에 얽매이지 않으
면 얼마나 소탈하고 편안할 것인가. 권력을 버리면 얼마나 삶이
밝고 마음마저 평안할까. 금력의 마수에서 벗어나면 얼마나 자유
로울까. 출세하고 남을 이기는 데만 용기가 필요한 것이 아니라
오히려 버리는 지혜와 용기를 가져야 할 것이다. 산적한 정치적
문제는 제쳐놓고 당리당략에 날을 지새우는 정치인의 정쟁政爭도
그만 버렸으면.

'나만이…' '내가…' 하는 생각도 버린다면 서로 편해지지 않을
까. 오만과 편견, 위선과 이기로 싸움하는 현실에서 벗어날 길은
없는 것일까.

웃어라 웃으면 즐거워지리라.

누군가 말하기를 사람은 햄릿형과 돈키호테형으로 나눌 수 있다고 했다. 나는 어떤 형일까? 지나간 일에 너무 집착하고 있어야 할 일에 매달려 쓸데없이 탄식하고 자기비하로 끝없이 추락하고 있지 않는가.

여유로운 유머 시간을 즐길 줄 모르고 생각하는 로댕의 조각처럼 자기 굴레 속에 웅크리고 앉아 파안대소破顔大笑의 밝음을 잃고 있는 것은 아닌지. 잘 놀 줄 아는 사람이 일도 잘한다고 한다. 유머와 웃음은 인생의 조미료란다. 윈스턴 처칠은 "비관주의자는 희망 속에서 절망을 캐내지만 낙관주의자는 절망 속에서 희망을 캐낸다"고 말했다. 우리는 웃으며 밝은 미래만을 생각하자. 불평불만은 분노와 증오만을 생산할 뿐, 아무 도움도 되지 못함을 안다.

지금이 위기 상황이라지만 곰곰이 생각하면 언제 위기 상황이 아닐 때가 있었던가. 경제가 어렵다지만 언제 어렵지 않은 때가 있었던가. 견디어 내야 한다. 정쟁에서 벗어나 국민에게 믿음과 희망을 주고 삶의 지표를 마련해 주는 '마지막 잎새'에 나오는 베어먼 같은 사람이 지금 우리 곁엔 없는 것일까.

닦아라 닦으면 윤이 나리라.

청순하고 투명한 어느 성직자의 얼굴을 볼 때마다 부럽고 존경스럽다. 얼마나 닦았으면 저런 피부 색깔일까. 얼마나 수행했으면

저리도 고울까. 비구니는 삼백 몇십여 가지 지켜야 할 계戒가 있다고 한다. 삼독을 버릴 수 있는 수행은 속인에게는 무척 어려운 일일 것이다. 하다못해 남을 대할 때 주는 마음으로 대할 것이며 작은 일에도 옹색한 마음은 내지 말아야 하리라.

해마다 정월 초하루에 올해는 이러이러하리라 작심하여도 한 해를 돌아보면 거의 지키지 못한 허망함뿐이다. 나에게 소중한 것은 상대방에게도 소중하다는 인식의 공감대를 형성해야 하리라. 남에게 대접을 받고자 하는 대로 남을 대접하라는 성경 말씀을 좋아한다.

치자와 피치자가, 여당과 야당이, 고용주와 고용인이, 서로의 입장을 고려易地思之할 때 수레 바퀴가 잘 굴러갈 것이라 생각한다. 그러기 위해 서로의 아픔을 참고 닦아야 한다. 윤이 날 때까지.

올해는 수도修道하는 마음으로 버리는 노력과 입술에 노래를 가지는 훈련을 쌓아야지. 자동화로 굳은 것 같은 사고에서 벗어나 순간을 잘 포착하여 진실되게 감성을 잘 다스릴 수련을 게을리하지 말아야지. 돌도 닦고 갈면 윤이 나듯 하면 되리라는 기대감으로 병신년 새 달력을 벽에 걸고 있다.

하룻길

손 명 선

전철역 기둥에 몸을 기댄다. 땅 위의 역사는 1호선 전철의 마지막 역답게 넓다. 안전 유리문 너머로 네 줄의 선로가 놓여 있고 선로 사이사이에 작은 돌들이 깔려 있다.

집으로 가기 위해 차가 오기를 기다리며 재미 삼아 돌을 하나하나 세어 본다. 사실은 수없이 많은 돌을 어떻게 셀 수 있나. 센다는 것보다 돌의 모양 따라 얼굴 표정을 그려 본다. 웃는 돌, 찡그린 돌, 금방이라도 울음보가 터질 것 같은 돌, 슬쩍 윙크하는 돌도 있다. 그 속에 낯익은 얼굴 하나 활짝 웃고 있다. 오늘의 나다.

아침 텔레비전에서 어느 포구가 나왔다. 조수간만의 차가 심한 인천 바다의 갯고랑이 곡선을 이루고 있고, 물길 따라 작은 어선이 통통거리며 포구로 향해 들어오고 있다. 비릿한 갯냄새가 물씬, 어릴 때 내 속에 인지된 바닷가 마을의 기억이 바다 냄새를 따라 오늘 하룻길을 재촉한다.

낯선 인천역의 햇살이 눈부시고 길 위에 선 내 마음도 눈부시다. 길을 따라 걸으며 묻고 물어 길을 찾는다. 포구로 가는 길은 공장 담벼락을 끼고 있고 저만큼에 갯벌이 조금 보일 뿐 바다가 있다는 것이 믿기지 않는 풍경이다.

걷는 길도 삭막하다. 사람의 발길은 뜸하고 가끔 승용차가 바람을 일으키며 지나간다. 사방으로 들어선 큰 공장들 사이를 지나 막다른 골목을 막 돌아가니 포구의 모습이 나타난다. 아스팔트 길바닥에는 그물을 손질하는 어부, 그 옆으로 작고 초라한 간이음식점이 보이고 길 건너 맞은편에서는 햇볕에 말린 생선을 팔고 있다.

선착장에는 두 척의 어선 갑판 위 장터에서 어부가 직접 생선을 팔고 있다. 또 배 한 척이 들어온다. 배와 배는 굵은 밧줄로 연결되어 사람들은 이쪽저쪽으로 건너다니며 생선을 흥정하고 더러는 즉석에서 회를 떠가기도 한다. 배 위의 사람들보다 선착장에서 구경하는 이들이 더 많다. 나도 붐비는 사람들 사이로 고개를 내밀고 구경하고 있다.

이곳은 인천항이 개항하기 전부터 수도권에서 제일가는 어물 직거래 장터였던 곳이지만 1975년 연안 부두가 매립되면서 명성을 잃은 북성 포구다. 생각보다 작고 초라한 포구 모습이 지난날의 영화를 상상하기 힘들게 한다.

작은 포구면 어떤가. 기대에 미치지 못하면 어떠랴. 낯선 이곳에서 빛바랜 어항이나마 볼 수 있는 것이 나에게는 작은 기쁨이다. 오늘도 나는 빈 생각으로 나선 길 위에서 만나는 새로운 것들이 반복되는 일상에서 느끼지 못하는 생동감이요, 나만의 자유로움이다.

가방 속의 전화가 울린다.

"너 어디냐?"

"북성 포구다."

인천 사는 친구다. 이곳을 모른다는 그가 오겠다고 한다. 시대의 배경이 없다면 사라져 가는 무명의 어촌 잔재일 뿐인 이곳을 알 수 있겠는가. 갈매기들의 울음 소리마저 애처롭게 들리는 여기를 굳이 찾아서 오겠다는 그를 오지 말라는 나. 나는 그냥 혼자이고 싶다.

집으로 가는 길이다. 지하철 역사 어디에서 귀에 익은 멜로디가 울려 퍼진다. '문 리버'다. 영화 '티파니에서 아침을'에 나온 오드리 헵번의 밝은 미소가 떠오른다. 어디서 들려올까? 사방을 둘러보아도 알 수 없다. 얼마쯤 걸어가니 고개를 반쯤 숙인 한 남자가 길바닥에 앉아 하모니카를 불고 있다. 걸음을 멈추고 그를 본다. 아니, 소리를 듣는다.

"잘 하시네요."

작은 칭찬으로 내 기쁨을 보답하였지만 듣는 사람과 들려주는 사람의 이율적인 상황, 그의 앞에는 우리 손길을 기다리는 작은 그릇 하나가 놓여 있다.

여운을 안고 돌아서는 마음 한구석이 무거워 온다. 그에게 어떤 사연이 있기에 길 위에서 동정을 구하고 있을까. 카키색 점퍼에 아직 때묻지 않은 그 모습이 가슴에 스며드는 것은 왜일까. 갑자기 목이 마르다. 동정의 여지를 가지지 못한 내 영원한 휴머니스트 때문인가.

나는 길을 걷는다. 길에서 인생을 배우기도 한다. 때론 길 위에서 얻는 생활의 지혜가 내 삶을 편들어 준다. 허와 실은 누구에게나 있는 것, 좋은 것만 있다면 끝없는 자만으로 오늘 이 작은 기쁨도 느끼지 못하리라.

하모니카 아저씨의 구부린 어깨 위로 웃는 돌 하나 얹는다.

1402호

김 선 희

바깥 날씨가 갑자기 추워지고 바람이 몹시 불어 그나마 위로가 된다. 하늘이 더할 수 없이 푸르고 아름다운 날이라면 더 억울할 뻔했다.

재작년 여름, 비 오는 날이었다. 친구 여럿이서 안면도에 여행을 갔었다. 우산을 쓰고 걷다가 이끼 낀 바위에서 미끄러졌다. 발목이 뒤로 꺾이며 넘어지는 순간 '앗! 이건 보통일이 아니다' 싶었다. 달거리가 없어지고 뼈에 구멍이 났는지 그 작은 사고에 발목이 부러지는 부상을 당했다.

발목뼈를 핀으로 고정시키는 수술을 받았다. 그리고 일 년 반을 지내고 핀을 빼는 수술을 받기 위해 병원에 다시 입원한 것이다.

같은 병실 다섯 명의 환자들은 내 집이라도 되는 듯 모두 커튼을 치고 좁은 공간 안에서 움직이고 있다. 아무런 인사말도 나누지 못하고 나도 별 수 없이 커튼 속으로 숨어들었다. 다음 날 아침 있을 수술 걱정에 혼자 잠 못 이루는 밤을 보내고 있었다.

돌아눕기도 불편한 좁은 침대는 몸을 움직일 때마다 삐거덕 소리를 냈고, 바둑판 크기의 네모가 좌우로 연결된 천장은 수많은 작은 벌레들이 들쑤시고 다녔는지 구멍이 나서 금방이라도 벌레가 뚝뚝 떨어질 것 같은 모양새다.

'왜 하필이면 저런 자국을 넣어 천장재를 만들었을까?'

이불을 끌어당겨 얼굴까지 덮었다. 이불 냄새와 소독약 냄새가 뒤섞여 콧속으로 들어왔다.

냉장고 옆인 내 자리는 저벅저벅 발소리가 날 때마다 이불을 머리끝까지 뒤집어 써야만 했다. 가슴이 답답해지면 얼굴을 내밀고 긴 숨을 몰아쉰 다음 편히 누웠다. 김치 냄새와 온갖 냄새가 뒤섞인 냉장고 냄새는 도저히 무방비 상태로 누워 있을 수가 없었다.

'그래, 세 밤만 자면 되는데 뭐, 참자, 참자!'

책을 뒤적이다 겨우 잠을 청해 눈을 붙이려는데 바로 옆 커튼 하나 사이로 들리는 말소리에 병실 사람들이 모두 깨고 말았다. 전깃불이 켜지니 눈이 부셔 눈을 뜰 수가 없었다.

"잉~ 오줌 눌껴. 요기다 눌까?"

"안 돼요. 벤소 가야죠."

"싫어. 여기서 눌껴. 벤소는 센당께."

"할머니, 벤소가 왜 세요? 여기서는 안디야. 척척해지고 냄새도 나고 벤소 가야 혀요."

"못 가. 여기서 눠야 혀."

"할머니 착하죠? 휠체어 타셔잉."

"그람 요기다 눌까? 요기다 못 노. 오줌이 안 나온당께."

앞뒤가 맞지 않는 두 사람의 실랑이는 끝이 없었다.

"할머니, 화장실 가셔야 해요."

창 쪽에 누워 있던 젊은 여자가 거들었다.

이젠 내가 속으로 다급해졌다. 좁은 침대에서 소변을 누면 바닥으로 뚝뚝 떨어질 테고 또 냄새는…. 난 환자들의 오줌이 얼마나 고약한 냄새가 나는지 잘 알고 있었다. 간병인은 할머니와 한참 동안 실랑이를 하더니 휠체어에 태워 밖으로 나갔다.

병실에는 잠시 적막이 흘렀다. 천만다행인 것은 수없이 눌껴, 눌껴 하면서도 오줌을 싸지 않는 할머니가 신기하기만 했다. 창 옆의 젊은 여자가 일어나 전등을 끄고 제자리로 돌아가 눕는 모양이다. 나는 갑자기 커튼 안의 좁은 공간이 아늑하게 느껴졌다.

여러 해 전 시어머니의 치매로 고통을 받았을 때가 생각났다. 기저귀를 잡아뜯고, 침대에 실수를 하고, 그 뒷수발을 하느라 내 마음이 지쳐가고 있을 때 어머니는 주무시듯 90세 생을 마감하셨다.

화장실에 갔던 옆 침대 할머니가 분주하게 돌아와 누웠다. 병실 문 옆에 74세라고 적혀 있던데, 얼핏 보기에 얼굴이며 몸피는 아직은 치매로 고생할 것 같지 않았다. 어쩌다 몹쓸병에 걸려 밤낮도 모르고 저렇게 세월을 보낼까. 이 생각 저 생각으로 잠을 놓쳐 버렸다.

우리 삶은 예기치 못한 이런저런 병들로 고통을 당하고, 감당할 수 없을 것 같은 일들이 생긴다. 하지만 이성을 잃어버린 치매만큼은 절대 사양하고 싶은 병이다.

미꾸라지는 알고 있다

최 문 정

　우리 일행은 푸짐하게 저녁식사를 끝낸 뒤 안압지 야경까지 둘러보고 운문산 자연 휴양림으로 가고 있었다. 버스 네 대가 깜깜한 굴속 같은 숲속을 힘겹게 올라가는데 처음부터 예사롭지가 않았다. 경사가 급해지는지 버스가 삐걱거리며 신음소리를 냈다. 이러다 미끄러지지 않을까 의자를 꼭 붙들고 안간힘을 쓰는데 갑자기 버스가 제자리에서 빙 돌더니 곤두선 것처럼 멈췄다.

　무슨 일인가 밖을 내다보니 칠흑같은 어둠 속에 헤드라이트 불빛 사이로 멈춰선 뒤차가 보였다. 무슨 일이 있구나. 불빛 하나 없는 비탈길에서 무슨 일이 벌어진다면 대책이 없다.

　간이 콩알만 해지는데 다행히 차가 조금씩 움직였다. 어려운 고비는 넘긴 모양이었다. 너무 긴장해서인지 내릴 때는 힘이 다 빠져

공복감마저 느껴졌다.

다음 날 아침, 어렵게 올라온 운문산 휴양림을 잠만 자고 가기에는 너무 아쉬워 주변을 둘러보았다. 해발 1,000m가 넘는 봉우리들로 둘러싸인 휴양림은 그야말로 첩첩산중이었다. 물소리 나는 개울을 따라 올라가는데 급경사는 그 길만이 아니었다. 모두 곤두서 있었다. 그런 길이 모두 콘크리트로 포장되어, 어제 버스가 왜 그리 쩔쩔맸는지 이유를 알 것 같았다. 새소리, 물소리, 바람소리 모두 의구한데 길도 자연 그대로 놓아 두면 좋았을 것을.

더 올라가면 천년 묵은 백룡이 승천하면서 바위에 남긴 꼬리가 변하여 폭포가 된 용미폭포가 있다는데, 너무 시장해서 아쉽지만 중도에 돌아서고 말았다.

우린 다시 차에 올랐다. 아침 식사는 마을로 내려가서 추어탕을 들기로 한 것이다. 어젯밤 그토록 힘들게 한 급경사를 꼭 확인하려고 했는데 마음이 벌써 식당으로 달리는 바람에 그냥 놓치고 말았다.

우리 차가 제일 늦은 모양이었다. 식당은 이미 손님들로 꽉 차 있었다. 우리는 천막이 드리워진 평상으로 안내되었다. 그곳에는 추어탕만 나오면 바로 먹을 수 있게 이미 상이 차려져 있었다. 청년 몇 사람이 큰 쟁반을 들고 이리저리 분주하게 움직이며 음식을 나르고 있었지만 우리 차례는 아직 멀어 보였다.

추어탕은 집에서 쉽게 만들어 먹을 수 있는 음식은 아니다. 그런 음식을 이런 산골에서 먹을 수 있다는 게 마치 우리가 특별한 대접이라도 받는 것 같아 기분이 좋았다.

솜씨마다 맛이 다르고 지역에 따라 차이가 있다는데 여기 추어탕은 어떤 맛일까. 궁금해하며 찬을 이것저것 집어 맛을 보고 있는데 요즘은 미꾸라지 대신 다른 생선을 갈아 만들기도 한다는 말이 들렸다. 그렇지만 이런 산골에서까지 그럴 리야, 하며 나는 걸쭉한 추어탕을 상상했다.

드디어 청년이 우리 자리로 왔다. 커다란 쟁반에 국 대접을 가득 담아 와서 우리 앞에 한 그릇씩 급히 내려놓고는 번개처럼 달아났다. 나는 입맛을 다시며 수저를 들려다 말고 그만 멈칫했다.

"아니, 추어탕이라더니 된장국이네."

걸쭉한 추어탕을 상상하고 있어서인지 엷은 된장국물은 속이 들여다 보일 만큼 맑아 보였다. 아마 우리가 늦게 와서 추어탕이 동이 난 모양이었다. 하기야 이 많은 사람이 갑자기 이런 산골에 들이닥쳤으니 동이 난 건 무리가 아닐 것이다.

이번에는 아가씨가 와서 아직 받지 않은 일행 앞에 국 대접을 내려놓았다.

"아가씨, 이거 추어탕이 아니라 된장국이잖아."

보는 눈은 다 같은 모양이었다.

"아입니더, 추어탕입니더."

"말도 안 돼, 이게 무슨 추어탕이야, 멀건 된장국이구만."

"아입니더, 추어탕입니더."

"추어탕인데 국물이 왜 이렇게 멀게."

건너편에서 맞받아쳤다.

"아입니다, 추어탕입니다."

아가씨는 단호하게 한마디 더 내뱉고 급히 가버렸다.

"추어탕 냄새는 나는데?"

옆에 있던 일행 한 사람이 한 수저 들더니 한마디 거들었다.

"미꾸라지가 목욕을 했나 부지."

"미꾸라지는 없지만 정말 추어탕 냄새는 나."

"이건 산초 냄새야, 산초! 산초를 많이 넣었구만."

"아니 솔직히 된장국이라고 하면 될 텐데 왜 추어탕이라 우기지? 나는 된장국이 더 좋은데."

"된장국과 추어탕, 가격이 다르겠지."

그 말에 그만 모두 입을 다물고 후루룩후루룩 순식간에 국그릇을 깨끗이 비웠다. 모두 시장한 참이라 실은 된장국이건 추어탕이건 그게 그리 큰 문제는 아니었다.

시장이 반찬이어서인지 맛은 의외로 좋았다. 그냥 된장국이라고 했으면 맛좋은 된장국으로 기분 좋게 기억에 남을 뻔했는데 공연히 추어탕이라는 통에 맛있는 된장국이 씁쓸한 추어탕이 되고 만 셈이다. 그래도 뿌듯하게 공복을 채워 주워 추어탕은 곧 우리 머리에서 사라지고 말았다.

하지만 막무가내로 우기던 그 아가씨 음성은 머릿속에 담아 가지고 온 모양이다.

"아입니더, 추어탕입니더."

지금도 그 아가씨의 단호한 추어탕 소리가 귀에 쟁쟁하다.

아마 미꾸라지만이 알 것이다. 그 국이 추어탕인지 된장국인지.

말 많음에 대한 시비

이 장 병

공휴일이면 가끔 한동네 사는 친구와 등산을 한다. 그리고 하산하여 꼭 막걸리를 한잔하곤 했다. 둘이는 30분이 지났는데도 말없이 막걸리 잔만 주고받는다. 언짢은 일이 있어서가 아니라 나도 말이 적은 편인데 친구는 더 말이 없기 때문이다. 할 수 없이 내가 먼저 대화의 소재를 꺼냈다.

"어머니 건강하시지요?"

"예, 건강합니다."

친구는 묻는 말에 대답만 하고 다시 술잔을 든다.

"아들 결혼시켜야죠?"

"예."

또 대답만 하고 술잔만 오고갔다. 말을 이어가려면 계속해서 이야깃거리를 먼저 꺼내야 하는데, 자주 만나다 보니 물어볼 말도 없다. 정말 고역이다. 묵묵히 산을 오르는 것은 그런대로 괜찮지만, 하산하여 한잔할 때도 말없이 술만 마시기란 정말 곤혹스럽다. 보통 사람들은 술이 한잔 들어가면 자연히 말이 많아진다는데, 어쩌자고 그는 말없이 술만 마시는지 모르겠다.

사람 중에는 말솜씨가 아주 뛰어난 사람이 있는가 하면, 그렇지 못한 사람도 있다. 또한 말이 많은 사람이 있는 반면, 말수가 아주 적은 사람도 있다. 모르긴 해도 언변이 좋은 사람이 말도 많이 하는 것은 틀림없는 사실인 것 같다. 물론 말솜씨가 뛰어나다는 것은 교묘한 말로 사람들을 현혹시키는 재주를 지칭하는 것이 아니라 진정성 있는 말로 남을 설득하는 능력을 말하는 것이다.

친구와 나는 말수도 적지만 말솜씨도 없다. 그러니 둘의 술자리는 대화가 끊길 수밖에 없다. 생각해 보라. 말을 잘 하지 않는 사람 단 둘의 술좌석이 얼마나 답답한가를….

500여 년 조선 사회를 이끌어 온 유교에서는 말을 많이 하지 않도록 가르쳤다. 내가 세밀하게 조사하지 못했는지는 몰라도, 지금까지 전해 오는 격언과 속담, 고사성어를 살펴보면 '말 많음'을 경계하는 것은 수없이 많으나 '말 많음'에 대한 칭찬은 그리 많지 않다. 속담집에 나와 있는 '말재간'에 대한 것을 살펴보자.

'일 잘하는 아들 낳지 말고 말 잘하는 아들 낳아라. – 사람이 말을 잘하면 일 잘하는 사람보다 처세에 유리하다.'

'말 잘하기는 소진장의蘇秦張儀 - 옛날 중국 전국시대에 말을 잘하기로 유명한 소진蘇秦과 장의張儀 정도이다.'

다른 사람들은 받아들이고 싶지 않을지도 모르지만, '말을 적게 하라'거나 '꼭 할 말만 해야 한다'는 것은 나같이 범속凡俗한 사람들의 일상 대화에는 적절하지 않나 싶기도 한다. 솔직히 사람들과 어울려 주섬주섬 말을 하다 보면 억압되었던 자아가 노출되고 혼돈스런 생각들이 정리되어 부정적이던 것이 점점 긍정적인 방향으로 정립되어 가는 것을 누구나 한 번쯤 경험했을 것이다. 다시 말하면, 말을 많이 하는 것의 좋은 점도 있다는 것이 내 나름대로 해석이다.

둘만의 등산이 조금 건삽乾澁하여 선배 두 사람을 끌어들여 이제 네 사람이 산행을 하게 되었다. 그런데 이 두 선배는 다변가多辯家다. 그들의 이야기 중 기억에 남는 것을 옮겨 보면, 사랑하는 술집 아가씨를 잊지 못하여 신혼 첫날밤 신방을 빠져나와 결국은 같이 살았다는 이야기, 사촌 오빠를 사랑한 여인이 지금까지도 처녀로 산다는 애절한 순애보 이야기, 잘나가는 직장을 그만두고 사업을 하다가 수십 번 실패하여 본처와 자식들이 모두 떠나 버렸는데, 60세가 되어 주방 여자를 만나 음식점을 하여 돈을 많이 벌었다는 의지의 남자 성공담 등 흥미진진한 삶을 산 사람들의 이야기다.

선배의 이야기는 재미도 있을 뿐 아니라 나의 밋밋한 삶을 다시 한 번 돌아보게도 하였다. 두 분의 말솜씨가 어찌나 달근달근한지

시간 가는 줄 몰랐다.

생각해 보면 친구와 나의 대화가 끊긴 것은 될 수 있으면 남의 이야기를 하지 않으려는 결벽성 때문인지도 모르겠다. 피천득 선생의 수필집에 이런 말이 있다.

'세상은 나 잘난 맛에 사는 것이 아니라 남 잘난 맛에 산다. 남 말 하지 말라고 하는 사람은 틀림없이 위선자다.'

나는 피천득 선생의 이 말에 전적으로 동감한다. 두 선배뿐만이 아니다. 모든 사람의 대화를 들어보면 거의 남의 이야기를 하고 있다. 어떻든 말없이 동료와 등산할 때보다는 말 많은 두 선배와 같이 등산을 하고부터는 훨씬 더 편안해지고 즐거운 산행이 되었다.

우리 사회는 전통적으로 말 많음을 너무나 경계하고 있어 사람들의 입을 막아 버린다는 생각이 든다. 지금은 그렇지 않지만 '군자는 식사 때 말하지 않는다' 는 공자의 말씀 때문에 우리는 그동안 말없는 식사가 계속되어 왔다. 생각해 보면 얼마나 어처구니없는 일인가.

조상들의 생활상이 그대로 녹아 있는 속담, 격언, 고사성어에 '말조심' 에 대한 것들이 얼마나 많은지는 차치하고, 근래에 참된 삶을 실천하고 가르쳐 주신 법정 스님의 수필에도 이런 말이 있다.

'말을 안 하는 것보다 해버려서 후회하는 일이 더 많다.'

물론 말을 헤프게 하여 타인의 마음을 아프게 하지 말라는 뜻이지만, 결국 이런 가르침은 사람들로 하여금 말조심에 대하여 극도로 신경을 쓰게 할 수도 있다는 것이다. 뿐만 아니라 대화하는 상대에게 말을 하고도 '혹시 상대방을 언짢게 하지 않았나' 하는 지나친 고민 때문에 점점 자기 생각을 말하는 것을 꺼리게 된다. 물론 말 많음과 적음은 천성에 기인하는 것이라고 생각되지만, 예부터 '말조심'에 지나친 경계는 사람들의 입을 다물게 하는 요인이 되었음을 부정하기 어렵다는 생각이 든다. 좀 무리가 있는지 모르지만, 말을 하면서 애교적인 실수도 좀 있고 그래야 어쩐지 인간적인 냄새가 풍기지 않을까.

전철 안에서 서양인들을 보면 둘만 모여도 쉴 새 없이 대화를 한다. 모르는 사람에게도 말을 하고 싶어 한다. 그런데 우리는 대부분 돌부처처럼 앉아만 있다. 조상들로부터 말을 하지 않는 유전자를 물려받은 것이 아닌가 하는 생각이 든다.

젊었을 때 업무 관계로 가끔 높은 사람이 참석하는 회의에 참석했다. 직원들이 굳은 자세로 앉아 있다. 맨 나중에 지위 높은 사람이 회의장에 들어왔다. 사람들이 벌떡 일어났다. 회의가 진행되는 동안 높은 사람은 거의 말이 없다. 가끔 꼭 할 말만 한다. 아니, 높은 사람이 농담도 좀 하고 업무 이외의 사적인 말로 분위기를 부드럽게 한 다음 회의를 하면 그들의 인격이 훼손될까. 솔직히 그런 분위기에서는 좋은 결과가 나올 것 같지는 않다.

오래전 어느 잡지에 실린 가십 기사가 문득 떠오른다. 링컨 대통령은 부하 직원이 결재를 받으러 오면 업무에 관한 이야기보다 일상적인 농담을 먼저 한다고 한다. 키가 큰 링컨 대통령은 심지어 늘씬한 직원이 오면 '누가 키가 더 큰가' 하고 키를 대보고 보고를 받는다고 한다. 이 기사의 진위를 따지기 전에 링컨 대통령은 말이 참 많으며 다정다감할 것이라는 생각이 든다.

좀 거칠게 말하면 말이 적고 꼭 할 말만 하는 사람은 빈틈이 없어 숨이 막힐 것 같다. 그러나 말이 많은 사람은 여백이 있어 좀 허술하고 친근하며 다른 사람의 접근이 쉬울 것 같은 생각이 든다.

문우회 회원들의 술자리는 언제나 시끄럽다. 그래서 율곡 선생도 문인을 '소객騷客'이라고 했던가. 문인들은 말이 많은 시끄러운 손님이란 뜻이다. 나는 이들처럼 좀 수다스럽더라도 말이 많은 사람이 친숙하고 편해서 좋다. 문학에 대한 끊임없는 담론, 나는 가끔 이런 즐거운 대화를 행복의 느낌과 혼동하곤 한다. 이런 행복이 작고 흔한 것이라고 생각하는 사람은 영원히 행복을 찾지 못할 것이라는 생각이 든다. 그들의 막걸리잔 부딪치는 소리가 명쾌하다.

그래도
·
사랑

소금통의 사랑

조 유 안

이제부터 네게 마음속 이야기를 털어놔도 될까. 너를 만난 그 날부터의 이야기를 말이야.

난 지금도 기억해. 태어나자마자 너와 함께 휩쓸려 포장상자 안으로 밀려들어갔던 아뜩했던 순간을. 생각나니? 까닭도 모른 채 좁고 깜깜한 곳에서 오랜 여행을 해야 했던 거. 난 내내 궁금했단다. 혼자 있어도 비좁을 상자인데 왜 너와 꼭 함께여야 했는지. 너는 도대체 누구며 어떻게 생겼는지.

겨우 상자에서 풀려나와 보니 우리는 어느 집 식탁 위에 덩그러니 놓여 있더구나. 그때 누군가의 호들갑스러운 목소리가 들려왔어.

"어머, 이 사람 모양 소금후추통 좀 봐. 요 녀석들 포옹하고 있는 모양이 어쩜 이렇게 귀엽고 앙증맞니. 흥, 너흰 좋겠다. 지겨울 때까지 껴안고 있을 수 있어서.”

들려온 내용으로 미루어 보아 우리는 ‘포옹하고 있는 사람 모양의 ‘소금후추통’인 게 틀림없는 것 같았어. 그래서 너와 나는 붙어 다닐 수밖에 없는 운명이었던 거고. 그때야 정신을 차리고 네 모습을 자세히 살펴보았지. 동그스름한 머리, 조그맣게 뚫려 있는 눈과 입, 갸웃한 고개, 포옹하면 딱 맞아떨어지도록 적절히 올라가고 내려가게 자리가 잡혀 있는 팔 그리고 굴곡 하나 없는 새카만 원통형의 몸.

내심, 네가 섹시하거나 멋지기를 기대했던 나는 무척 실망했어. 전혀 마음에 들지 않았으니까. 하기야 나도 남 말 할 처지는 아니었지. 나는 희고 너는 검다는 차이가 있을 뿐, 모습은 일란성 쌍둥이처럼 똑같았으니까.

그럼에도 눈부시게 희어서 순수해 보이는 내 모습에 비해 어둠의 자식처럼 시커먼 네 외모는 마음마저 검을 것 같아 가까이 하기조차 싫었단다. 좋아하는 마음도 없이 너를 계속 안고 있어야 할 생각을 하니 미칠 것 같았어.

하지만 그건 팔자 좋은 투정에 불과했다는 걸 곧 알게 되었지. 커다란 손이 발걸음 소리 하나 내지 않고 다가왔던 거야. 그리곤 나를 덥석 집어들었지. 곧 내 가슴엔 흰 가루, 네겐 검은 가루가 사정없이 쏟아져 내렸어. 갑자기 가슴이 쓰리고 아려 정신이 아득해졌지. 어디 그뿐인가. 때로는 하루에도 몇 번씩 몸이 거꾸로 박힌 채 거칠게 흔들리며 짜디짠 눈물을 흩뿌려야 했는걸. 사람들은 내 고통은 안중에도 없이, 내가 뿌린 눈물로 간을 맞추고 풍미를 느끼며 행복해하더구나.

마지못해 껴안고는 있지만, 피부색뿐 아니라 가슴속에 채워진 마음의 색깔마저 정반대여서 우린 도저히 가까워질 수 없는 사이라고 생각했지. 때때로 짠 기운을 견디다 못해 가슴이 조여들며 절로 눈살이 찌푸려질 때면 나만이 세상에서 가장 고통스럽고 불행한 존재인 것처럼 느껴졌어. 너는 언제나 힘든 내색 하나 없이 괴로워하는 내 모습을 안타까운 눈빛으로 지켜보곤 했으니까.

어느 날, 어떻게 된 건지 우리 몸에 늘 들어가던 가루가 바뀌었지. 네 가슴엔 흰 가루, 내겐 검은 가루가 들어찼어. 매워 눈물이 절로 나는 검은 가루가 가슴속에 가득 담겼을 때야 비로소, 그동안 너도 얼마나 힘들게 견디며 살아왔는지 깨닫게 되었지.

순간, 네게 말로 하기 어려울 만큼 미안한 마음이 들었어. 자신이 너무 부끄러워 그 자리에서 사라져 버리고 싶었지. 흰 것과 검은 것은 다른 것이지 틀린 것이 아니라는 것도 그제야 이해하게 되었고. 하기야 검고 흰 마음이 따로 있을까. 내 마음의 추는 하루에도 열두 번씩 검고 흰 마음을 오가며 흔들리고 있는데.

그런 일이 있고 나서야 주변을 찬찬히 둘러볼 마음의 여유가 생겼지. 가냘픈 네 개의 다리로 무거운 엉덩이를 받치며 살아가는 식탁의자, 시뻘건 불꽃에 자신의 몸을 내어주는 주전자. 온통 거품투성이를 하고 물세례를 맞으며 정신 못 차리는 고무장갑. 모두 나보다 훨씬 괴로울 것 같은데 아무 불평 없이 자신들의 몫을 살아내고 있더라고. 그런 모습을 보며, 세상에 존재하는 것은 어느 것이나 태어날 때부터 주어진 피할 수 없는 소임이 있다는 것을 알게 된 거야.

처음에 거꾸로 들려 마구 흔들리며 눈물을 쏟아낼 때는, 우리 눈물로 행복해하는 인정머리 없는 사람들을 미워하기도 했지. 하지만 지금은 오히려 그들에게 감사해. 그들 덕에 가슴에 담고 있어야 할 고통을 시원스레 쏟아 버릴 수 있었으니까.

쏟고 또 쏟아 짜고 매운 기운이 다 빠져나가 살 만하다고 여길 즈음이면 공포의 큰손은 어김없이 다가왔고, 우리 몸은 다시 소금과 후추로 가득 채워지곤 했지. 처음엔 그 손이 원망스럽기도 했지만, 이제는 아니야. 우리를 채우는 것은 그녀 일이고 가슴 가득 쓰리고 아린 것을 품고 있어야 하는 것은 애초부터 우리 몫이란 걸 알았으니까.

그날 나는 처음으로 너와 진심 어린 포옹을 했어. 마주 안은 가슴에서 잔물결처럼 퍼지며 전해지던 따뜻한 기운. 그 온기에 얼마나 많은 위안을 받았는지 몰라. 네 모든 걸 이해할 수 있을 것 같은 기분 좋은 느낌도 들었지.

그동안 아무리 껴안고 있어도 들리지 않던 네 심장 소리가 마음을 연 그날부터 또렷이 들려와. 때론 야생 노루가 숲길을 내달리는 소리 같은, 때론 위로가 필요한 이의 어깨를 토닥여 주듯 떨어지는 빗방울 소리 같은, 힘차기도, 부드럽기도 한 네 사랑스런 심장 소리가. 이제야 비로소 진짜 포옹하고 있는 느낌이야.

부끄럽지만 고백할게. 넌 이제 없어선 안 될 나의 영혼의 짝이야. '천생연분'이야.

말하는 꽃

서 정 순

문자 오는 소리에 스마트폰을 보니 딸 이름으로 돈이 입금되었다는 알림이었다. 별말이 없었는데 웬 돈인가 싶어 딸에게 전화를 했다.

"엄마, 월급 선불이지. 잘 부탁드려요."

사위 직장이 부산으로 옮겨가는 바람에 딸네는 주말부부가 되었다. 딸은 제 회사 근처에 집을 마련하여 이사를 했다. 큰손녀 연우의 초등학교 입학 시기도 맞추고 작은손녀 지우의 유치원도 가까운 곳에 당첨되어 좋아하는 딸과 사위가 대견스러워, 나는 3년 전의 약속대로 기꺼이 손녀들 육아를 맡기로 했다.

딸은 같이 살자고 했지만 나는 출퇴근을 하기로 했다. 첫 출근 날이었다. 8시까지 오라고 했지만 긴장이 되어 7시에 도착했다.

그런데 둘째 날 오후에 왼쪽 눈이 가려워 무심코 비볐더니 쓰리고 아파 눈을 뜰 수가 없었다. 토끼 같은 눈으로 퇴근하는 길에 동네 약국에 들렀다. 안약만 주고 항생제는 줄 수 없으니 다음 날 병원에 가 보라고 했다.

병원에서 처방한 약을 사가지고 돌아오면서 잠깐 흔들리는 마음을 지그시 눌렀다. 주변에서 "애들 보면 늙는다. 편한 백성이가로 늦게 어쩌냐"는 소리를 들었을 때 큰소리쳤는데, 이틀 만에 눈이 먼저 저항을 했다.

연우는 초등학교에, 지우는 유치원에, 나는 아이들에게, 우리는 새로운 환경에 익숙해질 시간이 필요했다. 방과 후 수업으로 독서 논술, 미술, 영어 뮤지컬을 배우는 연우는 하교시간이 요일마다 다른 데다 태권도와 피아노까지 배우기 시작했다. 등하교 시간과 학교에서 학원을 들락거리며 바쁘게 적응하던 연우가 어느 날 열이 나서 밥을 먹지 못했다.

병원에 가니 이름도 생소한 구내염이라고 했다. 혀와 입안 전체에 수포가 생기고 열이 났다. 물조차 삼키지 못하고 닷새를 앓았다. 전염성이 있어 학교도 결석하고 잠만 잤다. 앓고 나서 늙어 버린 할머니와 달리 연우는 앓고 나더니 부쩍 커서 콩콩콩 뛰어다녔다.

유치원에서 지우를 데리고 연우 학교로 가 다시 학원에 데려다주는 동선이 반복되었다. 언니 끝날 시간이 5분의 여유밖에 없어도 지우는 느긋했다. 조경이 잘 되어 있는 학교 담 돌계단에 올라가 포즈를 잡으며 사진도 찍고, 아직은 차가운 돌 틈에서 꽃을 피워 올린 민들레를 들여다봤다.

"할머니, 할머니, 꽃이 피었어."

"어머나, 정말이네!"

"할머니, 그런데 벌이 있어. 할머니, 벌은 왜 꽃에게 오는 거야?"

"음, 꽃에 꿀이 있나 보러 왔지. 그리고 예쁘니까 오는 거지."

"할머니, 할머니, 어떻게 해. 벌이 나한테 오려고 해."

"지우도 꽃처럼 예쁘니까 벌이 오려고 하나 봐."

"할머니, 말하는 꽃도 있어?"

"있지, 요기. 우리 지우가 꽃보다 더 이쁘지이."

환하게 웃는 지우의 손을 잡고 걸어가면서 예전 어른들 말씀이 떠올랐다. "꽃 중에 사람 꽃이 제일 예쁘다"는 그 말뜻을 그제야 알 것 같았다. 눈으로 보고 있어도 보고 싶은 내 손녀들. 그런데도 그 아이들과 신경전을 벌일 때가 있다.

지난 3년 동안 친할머니와 지내며 길이 들었는데 나와의 조율에서 우리는 보이지 않는 기싸움을 하기도 한다. 서로간의 기선제압이랄까. 팽팽한 기류 속에 때마침 내가 장염에 걸려 일주일 고생했다. 출근하지 못할 만큼 아픈 것을 무기로 아이들과 저절로 휴전상태가 되었다. 연우는 학교에서 배운 가족의 숫자에 엄마, 아빠, 동생 그리고 할머니까지 다섯 명이라고 하고, 지우는 유치원에서 배운 홀수라고 한다.

　행복은 선택이라고 하지 않는가. 꽃 중의 꽃을 둘씩이나 옆에 두고 매일 보는 일을 선택한 나는 무엇보다 잘했다는 생각이 든다. 누가 나에게 와락 달려와 두 팔로 안아 줄 것인가. 누가 나에게 사랑한다고 쪽쪽대며 뽀뽀를 해 주겠는가.

　자주 혓바늘이 돋고 아픈 허리가 더 꼬부라져도 꽃 중의 꽃, 말하는 꽃이 "할머니" 하고 부르면, "왜, 우리 이쁜이" 하며 미다스 손을 가진 할머니가 되어 뚝딱뚝딱 해결사가 되기도 한다.

　신은 모든 곳에 있을 수 없어 어머니를 만들었다고 하지 않는가. 나는 그 아이들의 엄마의 엄마다.

하늘을 놓치다

왕　　린

　햇살 설핏 기울고 바람 선선해 어디로든 나서고 싶은 오후. 차 한잔 하자는 친구 전화가 반가워 서둘러 나섰다.

　대형 쇼핑센터의 유리벽 찻집에 들어간다. 커피를 받아들고 상점들이 훤히 보이는 곳에 자리를 잡고 앉는다. 날개옷 찾아 다시 선녀가 되고 싶은 여자들이 이리 많은가. 여자 옷 파는 매장만 즐비하다. 내 눈도 어느새 가끔 들르는 옷집에 가 있다.

　마네킹은 벌써 낙타 빛 가을을 입고 있다. 한쪽에 걸린 낯익은 원피스, 보름 전에 이 앞을 지나다 마음을 빼앗겼던 옷이다. 만지기만 해도 푸른 물이 배어날 것 같은 하늘색, 오래전 즐겨 입던 것과 비슷해서 마음이 더 간 것일까. 저 옷을 입는다고 내 푸르던 날이 돌아올 리 없겠지만, 왠지 그때의 기분을 느낄 수 있을 것 같았다.

치마 끝단에 프릴까지 붙어 있어 걸음도 한결 가벼워질 것 같고.

그날 나는 저 옷을 사지 못했다. 잠자리 날개 같은 천에 깊게 파인 가슴선을 보는 순간, 아이고, 이 나이에 무슨! 무릎 위로 동강 올라앉은 치마 길이를 보고서는 조선무 같은 종아리를 어쩌라고, 생각했다. 아니 생각보다 높은 가격표를 보고 눈을 돌렸던가. 한번 입어나 보라는 말 뒤로 총총걸음을 놓고 말았다.

팔 때를 놓치겠다 싶은 걸까. 판매원이 그예 하늘 빛깔 원피스에 할인 팻말을 붙인다. 의자 등받이에 느긋하게 기대어 있던 내 허리가 자동 타이머에 작동이라도 된 듯 곧추선다. 할인율 숫자 40이 '사십시오, 사십시오!' 내 욕구에 부채질한다. 저 옷을 사야 할 까닭이 뚜렷해진다.

'가슴팍이 파였으면 어때. 이참에 뽕브라 효과를 기대해 볼까. 얇디얇은 천이 몸에 감겨 꼴불견 아니겠냐고? 흥흥, 혹시 알아. 내 라인이 아직은 봐줄 만할지. 좀 짧으면 어때. 상큼 발랄한 미시족 흉내 한번 내보지 뭐. 어쩌지. 할인 팻말을 보자마자 쪼르르 뛰쳐나가는 것도 채신머리없는 일이고. 설마, 친구가 오기 전에 팔리기야 하겠어.'

카페 안에서 노트북에 코 박고 뭔가에 열중하는 젊은 애들이 부러웠다. 나도 언제 그래 봐야지 했는데, 막상 무엇 하나 펴들지 못한다. 홧홧하게 달아오르는 얼굴을 손으로 감싼 채 옷가게 안에 감시카메라를 들이밀고 있을 뿐이다.

시간은 흐르는데, 친구한테서는 온다간다 말이 없다.

'어디야?'

'언제 도착해?'

연방 문자메시지를 날려 보낸다. 옷가게를 줌으로 당겨 놓고 휴대전화 화면을 흘끔거려 보지만, 먹통이다.

긴 생머리를 늘어뜨린, 언뜻 봐도 세련돼 보이는 여자가 옷가게 안으로 들어간다. 다른 옷은 거들떠보지도 않고 내 하늘을 향해 뻗는 손. 아뿔싸! 나도 모르게 튕겨 올라가는 엉덩이를 짐짓 눌러 앉힌다. 호흡이 가빠지고 목이 답답하다. 이미 식어 버린 커피를 후루룩 들이켠다.

신바람이 난 판매원이 잽싸게 하늘을 끌어내린다. 사뿐 춤을 추며 내려오는 자락. 그 푸름을 앞섶에 걸치고 선 여자, 싱그럽다.

'어머, 예뻐라!'

내 속말을 듣기라도 했나. 긴 머리 여자 입이 귀에 걸리는 것 같다.

나의 하늘을 가로챈 여자가 옷가게를 나선다. 기다렸다는 듯 전철에서 내린다는 친구의 문자가 도착한다.

내 이럴 줄 알았지. 우물쭈물하다가 놓친 게 어디 원피스 하나뿐이던가. 상가에 떠다니는 소리가 나를 향해 웃는 것 같다.

무심하게도, 친구가 들어서는 유리문 밖에 내가 놓친 하늘 한 자락이 걸려 있다.

옥식이

청   랑

휴가 길, 낯선 거리에서 할머니가 옥수수를 팔고 있었다. 문득 까마득한 어린 시절, 동네 오빠들이 '옥수수야' 놀리면 작은 어깨를 들썩이던 옥숙이가 떠올랐다.

옥숙이는 어릴 적 내 소꿉친구다. 식구들은 '옥숙이' 이름 대신에 '옥식이' 라고 불렀다. 따라서 동네 사람들도 옥식이로 불렀다. 가끔 짓궂은 동네 오빠들이 '옥수수야' 부르면 분이 나서 작은 가슴팍이 오르락내리락했다.

옥식이에게는 언니가 둘, 오빠 둘 그리고 어린 남동생이 있었다. 두 언니는 일찌감치 돈벌이 하러 나가 집에 없었다. 서울에서 식모살이를 한다던가, 공장에 취직을 했다던가. 그런 딸들 덕에 그 애 아버지는 오래전부터 점찍어 둔 논 몇 마지기를 사고는 입가에 웃음이 가득했다.

옥식이는 말라깽이고 또래에 비해 키가 작았다. 까무잡잡한 피부에는 곰팡이 같은 버짐이 피어 있었다. 그 애 엄마가 단발로 대충 치켜 깎은 머리카락에는 허옇게 서캐가 슬어 있었다. 가늘게 치켜 올라간 눈, 낮은 코와 얇은 입술, 기다란 목, 앙상한 갈빗대가 드러난 가슴. 그렇지만 가는 팔과 다리를 휘저으며 내달리면 부지깽이 든 그 애 엄마도 따라잡기 힘들었다. 잘 씻지 않아 쿰쿰한 냄새가 났고 옷은 잘 갈아입지 않아 반질거렸다.

"옥식아 옥식아, 까마귀가 너랑 같이 놀자 하겠네."

발끈하여 째진 눈은 사시가 되었고 코를 벌름거리며 달려들었다. 어른들은 그 꼴이 재미있었던지 더 약을 올리곤 했다.

농사일이 한가해지기 전까지 그 애는 학교를 제대로 다닐 수 없었다. 가스나인 그 애에게 공부는 쓸데없는 짓거리였기 때문이다. 두 오빠는 집에서 멀리 떨어진 읍내까지 자전거로 통학을 했지만 옥식이 허리춤에는 책보 대신 어린 남동생이 더 자주 매달렸다. 옥수숫대에 옥수수가 매달리듯이.

집집마다 부지깽이가 쉴 새 없이 아궁이를 들락거릴 저녁 즈음이면 그 아이의 자지러지는 비명소리가 담을 넘어왔다. 하루 종일 밭일을 마치고 돌아온 그 애 엄마가 걸핏하면 부지깽이와 지게작대기로 때렸기 때문이다.

"이 쓰잘데기없는 기집년."

한겨울에 맨발인 채로 쫓겨나 대문 밖에서 추위에 떨기도 했다.

초등학교는 십 리도 훨씬 넘게 가야 했고 한 학년에 한 반밖에 없었다. 우리 동네와 윗마을을 합쳐도 나와 같은 동급생이 없었다. 그래서 한 학년 아래인 옥식이가 어쩌다 학교에 가는 날이면 반가웠다. 그 애는 학교 운동장 느티나무 밑에서 내가 수업이 끝나기를 기다려 주었다. 집에 같이 가자고 아침에 단단히 다짐을 주었다.

우리는 집으로 돌아오는 길에 플라타너스나무 그늘에서 공기놀이를 하거나 땅따먹기를 하면서 놀았다. 해진 바지 사이로 앙상한 무릎이 드러나고 낡은 고무신에 양말도 못 신은 맨발이었지만 옥식이에게 그런 건 아무렇지 않은 듯했다. 차가 지나갈 때마다 온몸에 흙먼지를 뒤집어쓰면서도 우리는 시간 가는 줄 모르고 놀이에 빠졌다.

해가 서쪽 산허리에 걸칠 때쯤 아쉬운 마음을 접고 엉덩이를 털며 일어났다. 그제야 퍼뜩 제 정신이 들어, 집에 가면 혼날 생각에 울상이 된 그 애를 보면 조금은 미안한 마음이 들기도 했다.

집으로 가는 길, 저녁노을에 금박산이 다홍색으로 타올랐다. 땅강아지도 제집으로 들어가고, 새들도 날개를 접었는지 사방이 고요했다. 신작로를 벗어나 꼬불꼬불 산길로 접어들면 공동묘지를 지나야 했다. 두루뭉술한 무덤들이 윗집 효숙이 할아버지 머리처럼 반쯤 벗겨져 있었다, 움푹 파헤쳐진 무덤에선 금방이라도 귀신이 나올 것 같아 심장은 북처럼 쿵쾅거렸다.

누가 먼저랄 것도 없이 책보를 허리에 질끈 매고는 앞만 보고 뛰었다. 필통 속 몽당연필 부딪치는 소리와 빈 양은도시락 소리에 잠자던 귀신들이 벌떡 일어날 것 같았다. 곳집을 지나갈 때도, 알록달록한 천이 살풀이춤을 추는 성황당 앞을 지나칠 때도 죽어라 하고 내달렸다. 우리 집 고구마밭이 있는 물떠러지기에서는 며칠 전 마실 갔을 때 들은 도깨비 얘기가 생각나 나무들이 모두 도깨비로 보였다.

뒤를 돌아보면 옥식이가 저만치에서 얼굴이 벌게져 뛰어오고 있었다. 제 발보다 큰 검정고무신은 뛰기에 애물단지였다. 나는 짜증이 났고 마구 재촉을 해댔다.

"야! 빨리 안 오면 나 먼저 간다."

그러면 큰 잘못이라도 저지른 것처럼 옴츠러들곤 했다. 거의 지쳐 버릴 즈음에야 비로소 우리 동네에 다다랐다. 그런 날이면 어김없이 그 아이 집에선 옥식이의 울부짖는 소리가 들려왔다.

사실 처음부터 옥식이가 내게 만만한 존재였던 것은 아니다. 내가 네 살 되던 무렵 우리 집은 그 아이네 옆집으로 이사를 왔다. 모든 게 낯선 내게 그 아이는 유일한 동무였다.

옥식이는 논두렁을 걸을 때면 앞장서서 성큼성큼 걸었다. 그러면 얼룩덜룩한 물뱀들이 슬금슬금 길을 비켜 주었고 개구리들은 놀라서 풀숲으로 숨었다. 몸이 날렵한 그 애는 큰 나무도 겁없이 오르내렸다. 무엇보다 그 애가 대단하게 보였던 것은 제 심기를 건드리면 저보다 큰 아이들이든 어른이든 상관 않고 대거리하면서 덤벼드는 점이다. 입도 거칠어서 어른이나 하는 욕을 내뱉었고 여간해서 눈물도 보이지 않았다.

종종 옥식이와 나는 질경이가 지천인 길가에서 소꿉놀이를 하면서 놀았다. 그때 나는 그 애를 위해 밥상을 차렸다. 걸핏하면 심통을 부렸고, 그러면 밥상 위에 예쁜 사기조각들이 땅 위로 나뒹굴었다. 가끔 어린 옥식이에게 욕도 먹고 맞기도 했지만 한 번도 덤벼들지 못하고 소리 내어 울기만 했다. 막내인 나는 응석받이였고 모든 걸 우는 것으로 해결하려 했다. 그렇게 몇 년 동안 그 애는 내게 절대적인 지아비였고 난 나약하기 그지없는 양처였다.

우리 집 누렁이가 햇살에 나른해져 오수를 즐기던 봄날 오후, 그날도 여느 때처럼 소꿉놀이에 쓸 돌밥상을 둘이서 끙끙대며 옮기고 있었다. 그런데 그 애가 놓친 돌이 그만 내 발등 위로 떨어졌다. 솟구치는 피를 보자 나는 기절해 버렸다. 그러다가 나를 흔들며 울부짖는 소리에 한참 만에 제정신으로 돌아왔다. 피를 보자 나는 욕설을 퍼부으며 그 애의 머리채를 인정사정없이 움켜잡고 휘둘렀다. 그동안 억눌렸던 분노가 한꺼번에 폭발한 것일까. 그런 독한 마음이 어디서 났는지 지금 생각해도 놀랍기만 하다.

그런데 어찌된 일인지 그 애는 내게 저항하지도 덤벼들지도 않았다. 그 후로도 계속 그랬다. 자기 잘못으로 병신이 되었다고 생각한 것일까.

못생긴 내 엄지발톱을 볼 때마다 분한 마음을 삭이지 못해 두고 두고 앙갚음을 하였다. 그런 이유로 우리 집이 이사하기 전 5학년 때까지 그 애는 내게 더없이 순종적인 아내가 되어 주었다.

떠나온 후로 두 번인가 찾았지만 옥식이를 볼 수 없었다. 몇 년이 더 지난 후 그 지역에 군부대가 들어서서 마을도 사라졌다. 그렇지만 내 엄지발톱을 볼 때마다 그곳이 그리웠고 진달래꽃밭에서 그 애가 활짝 웃고 있는 모습이 떠오를 때면 빚을 진 것 같아 마음이 불편했다. 간간이 엄마를 통해 그곳 사람들의 소식을 전해 들었다. 그 애는 초등학교를 졸업할 즈음 서울로 올라왔다고 했다.

어느 날, 이제 그 애 아닌 그녀를 만나기 위해 옥식이의 친척 집안 결혼식에 갔다. 40년 가까운 세월이 흘렀고 예전 주근깨투성이 말라깽이는 온데간데없었다. 분홍 살빛에 살도 적당히 오른 세련된 중년 여인이 서 있었다.

시내 중심지에서 커다란 일식집을 운영한다고 했다. 쓰잘데기 없다고 여겼던 계집애가 어엿한 사장님이 된 것이다. 부모님도 그 딸에게 많이 의지하고 있었다. 일을 많이 해서인가. 허리디스크 수술을 네 번씩이나 했다는 그녀. 다섯 번째 수술을 예약해 놨다면서도 씩씩해 보였다. 일식집을 하기 전에는 김치찌개 식당을 이십 년 가까이 했는데 김장철마다 그녀의 어머니가 천 포기가 넘는 김장을 손수 해주셨다니 그동안 그녀의 삶이 짐작되고도 남았다.

만난 김에 그녀의 일식집에 들렀다. 내 유년시절의 추억 저장고인 그녀와 옛날이야기를 주고받으며 오랫동안 묵혀 둔 마음의 빚을 갚고 사과하고 싶었다. 하지만 나는 아무 말도 꺼내지 못하고 망설이기만 했다. 그녀도 옛날 내 철없던 행동들을 까맣게 잊은 듯했다. 지난 삶이 너무 고단해서였을까. 결국 그녀가 정성껏 차려준 음식만 먹고 일어섰다.

며칠이 지난 지금까지도 마음이 편치 않은 건 왜일까. 옥식이가 어린 시절을 잊었다면 내 마음이 편해질 줄 알았는데 그렇지 않으니 말이다. 네게 오래 앙갚음을 했던 나를 용서해 달라고 사과했어야 했다. 내 발톱을 다치게 한 것이 너의 단순한 실수였을 뿐이라고.

연을 좇는 여자

지 영 선

　공원 잔디광장, 초로의 남자가 하늘을 올려다보고 있다. 남자의 시선이 닿아 있는 곳을 따라가 본다. 퉁기면 맑은 소리가 울릴 것 같은 푸른 공간에 가오리연이 떠 있다. 얼레에서 풀려나간 한 올 실오라기 끝에 매달려 유유자적 날고 있는 연. 연줄을 밀고 당기며 연을 바라보는 남자의 환한 얼굴을 번갈아 보다가 문득 하고많은 놀이 중에 하필 초겨울 찬바람을 맞으며 홀로 연을 날리고 있는 남자의 속내가 궁금했다.

　아버지와 오빠가 공을 들여 연 만들던 기억이 떠오른다. 태극무늬 선명한 방패연이다. 어리기도 했지만 계집아이라서 그랬을 것이다. 아버지는 방패연에 쓰고 남은 한지로 작은 가오리연을 만들어 주셨다. 그것을 들고 좋아라, 넓은 들녘을 뛰어다니곤 했다.

연에 매달린 실을 잡고 힘껏 내달려도 연은 내 머리 뒤꼭지 언저리에서만 팔랑거릴 뿐 높이 날지 않았다. 오빠의 방패연은 매번 아득한 곳에 떠 있었다. 방패연과 가오리연은 생김새도 달랐지만 하늘을 나는 몸짓도 확연히 달랐다. 높고 먼 곳에 대한 나의 갈망은 그때부터 시작되었는지도 모른다.

인형극을 연출하는 사람처럼 얼레에 감긴 줄을 감았다 풀기를 느긋하게 되풀이하던 남자 손이 다급해진다. 순간 머리를 거꾸로 박고 곤두박질치던 연이 속절없이 추락하다 지상 바로 위에서 전사처럼 중력을 뚫고 다시 고개를 쳐들었다. 연 날리기 묘미가 바로 그 순간에 있는 것 같았다.

한바탕 회오리치며 아찔한 묘기를 부리던 연은 언제 그랬냐는 듯 곧바로 바람의 등을 타고 꼬리치며 비상을 즐긴다. 남자의 삶에서도 저렇게 아찔하던 순간이 몇 번쯤 있지 않았을까. 트랙을 걷다 연과 연을 날리는 사람을 훔쳐보다 몇 걸음 간격을 두고 멈추어 서서 연을 좇는다. 연은 어쩌면 비상을 꿈꾸는 날개 없는 뭇 생명들의 염원의 표상이 아닐는지.

하늘은 왜 파란빛일까. 너무 멀어서일까. 그 파란 하늘을 향해 날아오르고 싶은 욕망은 어디로부터 오는 것일까. 거미줄보다 끈끈하고 촘촘하게 얽히고설킨 삶의 궤적 같은 인연의 끈. 쉼 없이 내 존재를 확인시키고 지탱해 주는 그 끈이 가끔 거추장스럽다.

분주한 손놀림과 팽팽한 긴장감으로 연줄을 잡은 남자와 높은 곳에 떠 있는 연. 연은 줄에 묶여 있을 때 비로소 허공을 차고 날아올라 자신의 존재를 유감없이 드러낸다. 연에게 줄은 구속이 아니다. 사랑과 희생과 기다림의 끈이다.

줄 끊어져 나뭇가지나 풀숲에 처박힌 연은 한낱 종잇장에 불과하다. 사람도 마찬가지 아닐까. 사랑하는 사람이나 그의 분신과 같은 소중한 것을 잃고 혼자가 되었을 때 끈 떨어진 갓 신세라고 한다. 줄 끊어져 더 이상 날지 못하는 연이나 끈 떨어져 제 본래의 기능을 잃어버린 갓이 무슨 소용이 있을까. 그렇듯 관계 속에서 이탈된 삶이 존재할 수 있을까.

저녁 어스름이 내려앉는 넓은 잔디구장. 남자가 얼레에 실을 되감아 연을 거두어 챙겨들고 나를 흘끗거리며 지나쳐 간다. '저 여자 뭐야?' 하는 표정이다.

붉은빛 위로 번지는 검은 보랏빛 서쪽 하늘에 떠오른 초저녁별이 시원을 향해 날아오른 줄 끊어진 연처럼 외롭다. 별은 높고 먼 곳을 향한 내 염원의 표상으로 떠 있는 가오리연인지도 모를 일이다.

누군가 내가 떠나온 자리에서 별이 된 내 연줄을 붙잡고 있어주면 좋겠다. 아니 내게로 돌아올 누군가를 미련스럽게 기다리며 끈을 놓지 않는 나를 상상하는 것도 즐겁다. 불현듯, 나와 함께 어우러져 울고 웃으며 오늘을 살아가는 얼굴들과 나를 스쳐간 수많은 사람들이 그립다.

집이 헐린다

서 민 웅

　집이 헐리고 있었다. 골목길을 산책하다가 우연히 눈에 띄었다. 가재 앞발처럼 생긴 커다란 집게를 단 중기 한 대가 집을 헐고 있었다. 앞집부터 차례로 그 집게로 물어뜯기도 하고, 벽을 옆으로 밀쳐 버리기도 하고, 방바닥을 내려치기도 하였다. 참으로 편리한 장비지만 마치 집을 삼키는 괴물처럼 보였다. 아현 뉴타운 공사가 시작된 것이다.

　한순간 3층 옥탑이 와르르 무너지면서 그 위에 달랑 얹혀 있던 커다란 노랑색 플라스틱 물통이 앞쪽으로 곤두박질쳤다. 2층, 3층 집들은 이렇게 아무런 반항도 하지 못한 채 먼지만을 풀썩거리며 헐리고 있었다. 이 집에서 살던 사람들의 삶의 과정에서 켜켜이 쌓인 때와 먼지도 그 속에 섞여 흔적을 감추고 있었다.

공사장 양쪽에서 굵은 호스로 깨지고 부서지는 잔해들 위로 물을 계속 뿌려대고 있지만 먼지가 흩어지는 것을 모두 막지는 못했다. 공중으로 퍼지는 먼지는 잔해로 바닥에 나뒹구는 그 집의 마지막 모습이었다.

이곳에 살던 사람들은 모두 어디로 떠나갔을까? 집마다, 어쩌면 방 한 칸에 한 세대씩 살던 그 많은 사람들은 아무도 없었다. 그곳은 사람들의 수만큼 기쁜 일 슬픈 일로 애환이 서려 있던 곳일 게다. 물론 희망을 가지고 이사 간 사람도 있고, 형편이 어려워 다시 이곳으로 돌아올 수 없는 것을 번연히 알면서도 하는 수 없이 떠난 사람들도 있을 것이다. 과연 떠난 사람 중에 뉴타운 개발이 끝난 뒤에 쾌적한 환경으로 다시 돌아와 살 수 있는 사람들이 얼마나 될까.

옆집에도 대문간이나 담장에 붉은 페인트로 커다랗게 숫자를 써놓았다. 다음에 헐릴 차례를 기다리는 집들이다. 아무렇게나 써놓은 붉은 숫자는 집주인이 이사 가자마자 떼어 버린 문짝과 누구인가 몰래 버린 쓰레기가 가득 쌓여 있는 집을 더욱 흉물스럽게 만들었다. 오래된 폐가 같아 집안을 들여다보기가 망설여질 정도였다.

저만한 집도 없어서 쪽방 같은 곳에서 사는 사람들이 아직도 꽤 많다. 무너지는 집이 자꾸 아까운 생각이 들었다. 이곳에선 재개발이라는 명목으로 살만한 집이 차례로 헐릴 수밖에 없다. 재개발이라고 하면 낡은 단독주택을 헐고 아파트를 짓는 것으로 되어 버렸다. 이곳도 이삼 년 공사가 끝나면 20층이 넘는 거대한 아파트 숲으로 바뀔 것이다.

지금 내가 사는 곳도 재개발한 아파트다. 지하철 5호선이 개통되기 전 공덕역이 계획되어 있어 사무실 출근이 편할 것 같아 이사를 왔다. 아파트가 들어서기 전 그곳은 지금 헐리고 있는 곳과 다르게 손을 뻗으면 추녀가 닿을 듯 낮은 단층집들이 꼬불꼬불 좁은 골목 양쪽에 붙어 있었다. 그 덕분에 보통 2~3층 집이 들어서 비교적 깨끗한 편이었던 아현 뉴타운 지역보다 먼저 재개발이 되었다.

재개발 전에 살던 집은 수세식으로 개수한 변기가 얼지 않게 겨울에 난로를 피워야 하는 곳이었다. 옆에는 바닥에 넓적한 돌로 빨래판을 박아 놓았고, 큰 물통 옆에는 대야가 놓여 있는 세면장이었다. 그 지붕에는 옹기단지가 네댓 개 있고 나머지는 화분이 차지하고 있었다. 여름에는 하루가 멀다고 오르내리며 물을 주고, 겨울에는 좁은 방에 햇볕이 잘 드는 창쪽으로 그 화분들을 옮겨 놓아 방을 점령하더라도 마음이 편했다.

눈이 오면 좁은 골목에는 미끄럼을 방지하려고 옆집 사람들이 펴놓은 연탄재를 밟으며 다녔다. 골목 입구에 들어서면 벌써 주인의 발자국 소리를 알아들은 '꾀돌이'가 연신 짖어대기도 했다. 그러면 집에 도착한다는 안온함이 온몸에 스며들곤 했다. 작은 쪽대문을 열자마자 잽싸게 앞발을 들고 뛰어오르는 그놈을 쓰다듬어 주며 들어서던 기억이 지금은 추억이 되어 버렸다. 이곳에 살던 사람들도 이런 삶이 헐리는 집과 함께 추억거리가 되어 버릴 것이다.

전에 살던 주택보다 더 넓은 아파트가 매양 답답하기만 하다. 현관문을 열고 나가 엘리베이터가 오기를 기다리는 아파트보다 대문을 열고 나서면 바로 길로 나서는 곳, 출입카드를 항상 가지고 다녀야 하고 번호를 눌러야 현관문이 열리는 아파트보다 열쇠 하나만 있으면 대문을 열고 드나들 수 있는 곳, 나는 아직도 단독주택을 좋아한다.

지난해 학여울역 근처 서울 전시관에서 열리는 건축박람회에 가본 적이 있다. 전시장 안에는 부스마다 최신 벽돌, 타일, 벽지, 수도용품 같은 편리하고 호사스러운 건축자재들을 선전하고 있었다. 그런데도 그런 것들은 눈에 들어오지 않고 전시장 밖에 지어놓은 황토 한옥에만 관심이 쏠렸다. 팸플릿을 얻어오며 언젠가는 저런 집에 살아봤으면 하는 내 희망이 언제 이루어질지는 모르지만 그 꿈은 계속 가지고 산다.

새로운 주택 양식은 그 집에 사는 사람들의 삶을 바뀌게 한다. 요즘 아파트에서 태어나 자란 젊은 세대의 의식이 단독주택에서 산 세대와 크게 다르지 않을까 걱정되기도 한다. 똑같은 아파트에서 자란 세대가 붕어빵 형태의 의식구조를 가지게 되어 창의성이 결여된다면 그것도 또 하나의 큰 문제가 되지 않을까 우려하는 마음은 지나친 기우인지도 모른다.

프랑스에서 서울의 아파트단지에 관한 연구로 학위를 받은 발레리 줄레조 박사가 그의 저서『아파트 공화국』에서 이렇게 쓴 것을 다시 한 번 생각해 본다.

한국에서 도시중산층을 의미하는 가장 함축적인 상징으로 고층아파트가 자리잡았다는 것은 분명 특이한 점이다. 프랑스에서는 작고 소박한 것이라도 단독주택이 더 가치 있는 것으로 받아들여지는 반면 한국은 전혀 그렇지 않기 때문이다.

지금도 열어 놓은 아파트 창문으로 윙윙거리고 덜커덕거리는 중장비 소리가 계속 들려온다. 보나마나 한편으로 집을 헐고 또 한편으로 그 잔해를 건축폐기물이라는 이름으로 덤프트럭에 옮겨 싣고 있을 것이다.

엄마의 실반지

손 명 선

깍지 낀 두 손에 힘을 준다. 행여 손등의 주름살이 펴지려나. 큰
일도 힘든 일도 하지 않고 살아왔는데 일만 하고 산 손 같다. 어쩌
다 이런 못난 손이 되었을까.

손을 펴 본다. 손등의 열 손가락 마디는 울퉁불퉁하고 푸른 정
맥이 유별나게 돌출돼 있다. 손바닥은 안쪽이니 그럭저럭 봐줄 만
하지만 마른 손등은 잘 먹지 못해 찌든 모양새다. 필요 없는 허리
살이 마른 손등에 선심을 써 주었으면 좋으련만….

짧은 손가락은 어떤가. 미적 감각을 상실한 지 오래고 볼품없는
손톱이 밉기는 매한가지다. 조금 부지런을 떨어 손질하면 좀 나으
련만 알면서도 하기 싫으니 게으름이 이유일 수도 있다.

열심히 일하는 손이면 말할 거리라도 되고 농사를 지으면 자랑

이라도 할 수 있다. 빈둥거리는 내 손은 못나게 태어난 것이라고
변명해도 될까.

사람들은 고무장갑을 끼고 집안일을 하지만 나는 여간해서 장갑
을 끼지 않는다. 손끝에 닿는 무딘 감각이 싫고 또 끼고 벗는 번거
로움이 귀찮기도 하다. 거의 맨손으로 일을 하니 손은 내가 미울 것
이다.

남의 눈길에 내놓고 싶지 않는 손 때문에 나는 반지를 잘 끼지
않는다. 둔탁한 손마디와 짧은 손가락에 반지를 끼는 것은 '갓 쓰
고 양복 입은' 꼴이 될 것 같아서다. 이제는 아무리 예쁜 보석반
지라도 끼고 싶은 생각이 없어진 지 오래다.

그러나 은색 실반지 하나, 유일한 반지로 자리매김하고 있는 친
정 엄마의 반지다. 나와 함께한 세월도 삼십 년이 지난 낡은 이 반
지를 엄마가 언제부터 끼게 되었는지, 무슨 연유의 반지인지는 모
른다. 항상 보석반지와 나란히 끼고 있었지만 별 관심 없이 살아
왔다.

노후에 깊은 병을 앓으신 어머니. 모든 분별력을 잃으셨고 기억
의 저편, 자기만의 세계 속에서 어린아이가 되어 있었다.

참빗으로 곱게 빗은 검은머리와 옥비녀, 엄마는 흰머리가 보기
싫다며 부지런히 염색을 하셨는데 병이 깊어지면서 머리는 짧아
지고 머리는 백발이 되었다. 그런 모습을 사진으로 담아 보여 드
리면 자신의 모습이 아니라고 여기셨는지 그 자리에서 찢어 버렸

다. 그리고 허허롭게 웃으며 나를 바라보시던 어머니.

'엄마, 딸의 마음도 찢어져 내려앉습니다.'

봄이면 보라색 등나무 꽃을 보며 좋아하셨고, 등나무 기둥에 기대 서 있는 포도나무 한 그루는 엄마의 정성으로 해마다 풍성한 열매를 맺었다. 회양목, 동백, 봉숭아, 채송화, 모란… 우리집 화초들의 수려함은 엄마의 부지런한 손길 덕분이었다.

어머니는 수십 년을 손수 가꿔 온 정원을 바라보며 긴 시간 앉아 있는 날이 많아지셨다. 모든 것을 잃어버린 날들 속에서 무엇을 찾고 싶었을까. 놓아 버린 자신이 그리웠을까. 그것조차 잊어버린 무심이었는지.

어느 날 엄마의 손가락에 반지가 없어졌다. 집안 곳곳을 찾아보았지만 보이지 않았다. 멍히 정원을 바라보고 앉으신 엄마의 시선 따라 정원으로 들어갔다. 반지는 그 속에 있었다. 반지조차 자기 몸에 붙은 이물질로 보였는지, 자신이 아닌 모든 사물은 헛것으로 보인 것일까. 찾아서 끼워 주면 어느 순간 던져 버리고 또 찾아서 끼우면 없어지고, 반복하기를 여러 번 했다.

'이생의 끈을 모두 벗어버리고 떠나고 싶은 마음이었을까.'

나는 어머니의 반지를 간수하기 위해 내 손가락에 끼었다. 다행히 손가락 굵기가 같아서 반지는 잘 맞았다. 이때부터 지금껏 내 손에서 벗어난 적 없는 어머니의 은색 실반지. 값비싼 것도 아니고 예쁘지도 않지만 세상에서 제일 멋진 반지다. 엄마가 보고 싶을 때,

살면서 기쁘거나 슬플 때 나를 지켜주는 수호신으로 내 삶과 함께
해 왔다.

오랜 세월 닳아서 더욱 가늘어진 반지를 가끔은 서랍에 넣어 둔
다. 행여 너무 닳아 금이 갈까 봐.

내 손 약지에 반지를 끼운다. 못난 손에도 잘 어울리는 엄마의
반지는 내 어머니의 얼굴이다.

우리 언니

김 선 희

분주히 외출 준비를 하는데 언니에게서 전화가 왔다.

"너 오늘 시간 있니?"

"아니, 약속 있는데…. 왜?"

"그냥, 점심이나 먹을까 하고."

언니의 힘없는 목소리가 마음에 걸렸지만 선약을 취소할 수 없었다. 볼일을 마치고 집에 돌아와 언니에게 전화를 걸었다. 아침에 일어나니 그냥 엄마가 몹시 보고 싶어 내 생각이 났고, 나랑 같이 엄마가 살던 집에 가 보고 싶어 그랬다는 것이다. 그리고 혼자서 엄마 살던 동네를 한 바퀴 돌아보고 왔다고 했다.

"언니, 왜 그래?"

"그냥. 어버이날이 가까워지니 그런가 봐."

그 먼 곳, 지금은 남이 살고 있는 집을 혼자 찾아갔다니….

생전에 엄마는 일만 있으면 언니를 불렀다. 옷감 좀 사가지고 오너라. 내복 좀 사가지고 오너라. 이것 가져가라, 저것 가져와라. 심지어 너랑 나랑 같이 살래? 농담 반 진담 반 언니를 의지하고, 또 힘들게 했었다. 마음 약한 언니는 힘들어 하면서도 싫다 소리도 못하고 그 뜻을 받아 주었다. 아버지가 세상을 떠나시자, 대구에서 자식이 여럿 사는 서울로 이사를 오신 엄마가 우리는 반가웠고, 자주 볼 수 있는 것이 너무 좋았다.

엄마와 언니는 서로 닮은 점이 많았다. 몸집이 비슷하여 옷을 바꿔 입었고, 신고 온 신발을 벗어 놓고 엄마의 헌 신을 신고 갈 때도 있었다. 엄마 집 화분 정리는 언니 몫이었고, 겨울이 되면 헌 실에 뜨거운 김을 쏘여 새 실을 만들어 뜨게질을 하고, 또 바느질 취미까지 같아 파자마, 커튼 등을 만들고 원피스까지 만들어 입었다. 엄마가 신문지에 본을 그려 재단하면 언니가 재봉틀로 박아 주었다. 이래저래 언니는 엄마의 큰 힘이 되었다.

언니는 엄마에게 매일 전화를 드려야 했다. 하루라도 통화가 되지 않으면 엄마는 역정을 내며 종일 뭐했냐고 언니를 다그치셨다. 이런저런 일들로 속이 상하고 힘들다고 언니는 가끔 내게 푸념하며 운 적도 있었다. 그러면서도 언니는 엄마의 비위를 맞춰 가며 기쁨과 슬픔을 함께 나누었다.

작은오빠가 엄마 집에 전화를 걸었다가 안 받으면 언니에게 전화를 걸어 "누나, 우리 엄마 어디 있어?" 물으면, "너희 엄마 어디 있는지 내가 어떻게 아니?" 하며 농담할 정도로 언니는 엄마의 많은 것을 알고 있었다.

언니는 맏딸이어서 그랬을까 책임을 다하려 애썼고, 엄마를 이해하고 도와 드리면서도 한편으론 힘들어 했다.

나는 예외였다. 한 달에 두 번 정도 엄마를 찾았고, 일주일에 두 번쯤 전화 통화를 하고, 어쩌다 밑반찬을 해다 드리는 것으로 딸 몫을 다하고 있다고 생각했다. 그저 엄마가 챙겨 주는 것을 받아오고, 몸이 조금 약하다는 이유로 엄마의 관심과 사랑을 받기만 했다. 으레 엄마는 나를 막내 아닌 막내 취급을 했고, 그러려니 하셨다.

서울로 이사 온 지 4년, 우리 오남매의 보물 같았던 엄마가 갑자기 우리 곁을 떠나셨다. 말할 수 없는 통증으로 응급실에 들어간 지 닷새 만에 패혈증으로 말 한마디 나누지 못하고 세상을 떠나신 것이다.

난 지금도 돌아가신 것이 아니고 어딘가에 살아 계신 것이 아닐까 생각할 때가 있다. 무슨 일에나 애정이 많았고, 엄마는 매일 운동하며 건강을 잘 챙겼다. 옷가지 손질, 집안 청소, 음식 만들기, 꽃 가꾸는 일 등 88세 연세에도 끄떡없이 살림을 참 잘 꾸려 가셨는데….

너무나 갑작스럽게 벌어진 일에 가족들은 망연자실했다. 나 역시 큰 충격을 받고 불면에 시달리며, 남편도 아이들도 사라질 것 같은 공포에 휩싸여 몇 달을 보냈다. 나는 냉정해지려 애썼다.

엄마가 돌아가신 후 거의 매일 언니는 내게 전화를 걸어왔다. 좋았던 추억, 나빴던 추억을 이야기하며 푸념을 늘어놓았다. 나중에는 오남매 중에 자기를 제일 미워했다는 등 엄마를 흉보며 듣기 싫은 이야기를 했다.

나도 언니가 미워지기 시작했다. 급기야 통화하는 것조차 싫었다. 난 매몰차게 "언니, 우리 당분간 통화하지 말자"고 해 버렸다. 마음 한구석이 무겁고 아팠지만, 꼭 해야 할 전화 외에는 전화를 하지 않았고 일 년이 넘는 시간을 그렇게 보냈다.

얼마전 딸을 데리고 생일을 맞은 언니 집에 다녀왔다. 그리고 오늘 점심을 먹자고 전화가 온 것이다. 그동안 얼마나 같이 밥 먹자고 만나자고 놀러 오라고 하고 싶었을까 생각하니, 아들만 있는 언니가 안쓰러웠다. 엄마와 모든 것을 함께하다시피 하던 언니는 엄마 없는 공백을 어떻게 견디었을까. 아침이면 전화기를 수없이 만지작거렸을 것이고, 가야 하는데 갈 곳도 없는 그 막막함을 참아내기란 여간 어렵지 않았을 것이다. 나는 안다. 언니 마음을 너무 잘 알면서 일 년을 넘게 언니를 모르는 체했다.

아들 혼사를 앞두고 요즈음 언니와 자주 통화를 하는데, 우리 언니는 손자 자랑에 여념이 없다.

가시고기와 눈물

정 옥 순

전동차 바닥에 뚝뚝 눈물이 떨어진다. 자꾸만 떨어진다. 누가 알까 봐 훔치지도 못하고 마냥 울고 서 있다. 더 흐느낄까 봐 책을 닫았다. 자리가 없어 출입구 문기둥에 기대 캄캄한 창문 쪽을 향해 서 있기에 다행이었다.

조창인의 장편소설 『가시고기』의 마지막 장을 읽다 생긴 일이다. 가슴이 아려온다. 아비 가시고기와 같은 아버지와 아버지만을 사랑하는 아들과의 이별 장면이 너무나 안타까워 내가 아버지가 되어 울고 있는 것이다. 내가 아들이 되어 가슴 쓰린 것이다. 자꾸만 눈물이 난다. 어쩌면 이럴 수가!

눈물이 많은 사람은 신상에 해롭다는데 나는 시집살이 할 때도 동구나무를 부여잡고 울기만 했다. 신문을 보다가도 곧잘 눈물짓는다. 학생들의 교통사고, '어떻게 키운 자식인데…' 통곡하는 부모들을 따라 울고, 영화를 보면서도 운다. 아주 오래전에 '만리장성' 이라는 영화를 보고는 집에 와서까지도 울었다. 장성 쌓기 부역에 끌려간 남편의 솜옷을 가지고 고생고생 물어물어 찾아갔는데 쇠약해진 남편을 생매장 하는 광경을 목격한 아내가 되어 그렇게 울었다.

'미워도 다시 한 번' 이라는 영화, 아들의 장래를 위해 떼어 놓고 가는 어머니와 떨어지지 않으려는 아들의 애절함에 엉엉 울었다. '산' 이라는 영화 마지막 장면, 욕심 많은 아우의 죽음을 미화하는 형의 마음이 되어 버스를 타고도 눈물을 흘렸다. 왜 이리 눈물이 흔할까. 애처러워서 울고, 그리워서 울고, 가엾어서 울고, 분해서도 운다.

아주 어릴 때 친척 아재가 재미로 "우네 우네 우네" 하고 놀리면 나는 약올라 끝내 울어 버렸다. 소학교 때 도서관에서 '엄마 찾아 삼만리' 라는 책을 읽다 마르코가 너무 가여워 훌쩍훌쩍. 창피한 것은 알았는지 책을 세우고 그 속에 얼굴을 묻고 울던 생각이 난다. 지금도 동화책 '플란다스의 개' 를 읽으면 뻔한 내용인데도 아이들에게 읽어 줄 때마다 눈물짓는다.

또 하나 잊혀지지 않는 영화가 있다. '사랑할 때와 죽을 때' 의 마지막 장면이다. 제대를 며칠 앞두고 자기가 살려 준 포로의 총에 맞아 외나무다리에 쓰러져, 읽다 만 사랑하는 아내로부터 온

편지가 냇물에 동동 떠내려간다. 그것을 잡으려다 숨을 거둔다. 가엾고 괘씸하고 원통해서 울었다. 나는 왜 이렇게 잘 울까?

종로3가역인가 보다. 많은 사람이 내린다. 빈자리에 앉았다. 마주 보는 승객을 의식해서 눈을 끄먹끄먹 애써 무표정을 지으려 하지만 가시고기의 여운이 아직도 가시지 않는다. 미풍에도 흔들리는 코스모스 꽃잎처럼 곧잘 정에 이끌려 가는 자신이 부끄럽다.

허나 참혹과 비참과 폭력과 냉혹한 이기심만이 팽배한 시대에서 남의 슬픔이 내 슬픔이요, 남의 어려움이 내 어려움으로 서로 얼싸안는 따뜻한 가슴이 아쉽다. 같이 울어 줄 수 있는 사람이 있다면 보험금이 탐나서 아내를 살해하는 비정도, 선생님이 계시는 교실에서 급우를 살해하는 증오의 만용도, 자살테러의 비인간화도 없어지지 않을까.

어느 대학에서 이번 미국에서 일어난 테러사건을 어떻게 보느냐는 설문에 적지 않은 학생들이 '그것은 아름다운 예술이다', '뛰어난 예술이다' 라고 응답했다고 한다(「맑고 향기롭게」 10월호). 그 아비규환의 참상을 어떻게 아름다운 예술로 볼 수 있단 말인가. 자기가 그 참사 현장의 당사자라면 그렇게 말할 수 있었을까.

무고한 사람들이(5,232명) 화염에 휩싸여 무너져 내리는 무역센터 자살 테러 광경을 보고 환호성을 지르는 아랍 사람들을 텔레비전으로 보았다. 눈물을 가진 사람이라면 어떻게 그럴 수가 있을까. 내가 당했으니까 너도 당해 보라며 폭탄을 퍼부어 대는 사람들에게도 눈물이 있는 걸까.

왜 사람들이 눈물 없는 기계처럼 되어 버린 것일까. 폭력, 파괴, 중상, 모략, 욕심, 살인, 스피드, 액션, 흥미 위주의 볼거리만 생산해 내는 예술인들의 탓일까. 자기 문화만이 제일이라는 패권 지배욕에서 빚어진 소산일까. 눈물 없는 과학 탓일까.

다시 책을 펴서 본다. 또 안쓰러워 눈물이 난다.

'사랑에 대한 모든 것'을 보고

김 풍 오

아침 신문을 보니 '사랑에 대한 모든 것'에서 스티븐 호킹을 연기한 에디 레디메인이 아카데미영화상 남우주연상을 받았다는 기사가 눈에 띄었다. 지난달에 인상 깊게 본 영화다.

'사랑에 대한 모든 것'은 아인슈타인 이후 최고의 물리학자로 인정받고 있는 스티븐 호킹과 그의 첫 번째 부인 제인(펠리시티 존스 분)과의 로맨스를 담은 영화다. 우리나라에도 온 적 있는 그의 휠체어 강연 모습은 외경스럽기까지 했다. 나는 그가 어떻게 루게릭 병이라는 엄청난 병을 이기고 세계적 물리학자가 되었는지 궁금했다.

케임브리지대학에서 공부하고 있던 호킹은 5월 무도회 때 별처럼 반짝이는 눈을 가진 제인을 처음 만난다. 그들의 사랑이 무르익어 갈 무렵 호킹에게 루게릭병이 덮친다. 이 병은 운동신경세포만 선택적으로 사멸하는 질환이다. 앞날이 창창한 젊은이가 갑자기 청천벽력같은 소리를 듣는다. 의사는 앞으로 2년 남았다고 담담하게 말했다. 모든 것을 포기한 그는 제인마저 멀리한다.

그러나 호킹을 사랑하게 된 제인은 그에게 결혼을 제의한다. 호킹의 아버지는 제인에게 "무슨 일이 닥칠지 모르는 것 같구나. 이대로 가면 오직 절망과 좌절만 있을 거야. 이 병은 싸울 수 있는 그런 게 아니야" 하면서 결혼을 말렸다. 제인은 "제가 그렇게 강해 보이지 않는다는 건 알아요. 하지만 끝까지 싸울 거예요. 우리 두 사람이 함께하면 해낼 수 있어요"라고 말한다.

어느 순간 호킹은 지팡이 없이 걸을 수가 없고 손에서도 힘이 빠져 식사하는 것조차 의지대로 할 수 없게 된다. 호킹의 몸은 시간이 갈수록 쇠약해지고 간호하고 보살펴야 하는 제인도 점차 지쳐간다. 호킹이 겪는 육체적 · 정신적 고통, 그리고 그것을 지켜봐야 하는 제인의 정신적 고통을 두 배우는 탁월한 연기로 소화해낸다. 관객이 지루할 틈이 없다.

엎친 데 덮친 격으로 폐렴에 걸린 그는 1985년 기관지절개수술로 가슴에 꽂은 파이프를 통해서 호흡을 하였고, 휠체어에 부착된 고성능 음성합성기를 통해서 대화를 하게 된다. 그는 신체 중에서 유일하게 움직이는 두 개의 손가락으로 컴퓨터를 작동시켜 강의도 하고, 글을 받아쓰기도 하며 이야기를 나눈다.

제인의 헌신은 호킹이 학문에 대한 열정을 불태우는 데 절대적인 기여를 하였다. 그는 몸이 굳어가고 말조차 할 수 없는 병과 맞서 싸우면서 '특이점特異點 정리', '양자우주론量子宇宙論', '블랙홀 증발' 등 혁명적 이론을 속속 발표하였다. 호킹은 모든 것을 다 빨아들이는 것으로 알려졌던 블랙홀이 실제로는 입자를 방출하기도 한다는 놀라운 사실도 밝혀 냈다. 영화에도 등장하는 이 현상은 '호킹복사'라고 이름 붙여졌다.

우주의 생성과 기원에 대하여 일반인들이 쉽게 이해하도록 세계적 베스트셀러가 된 『시간의 역사』를 쓰기도 하였다. 그런데 우주와 블랙홀에 대해 어느 누구보다 많은 연구와 이론을 발표했음에도 그는 노벨물리학상을 받지 못했다. 그것은 어떤 이론이 발표되고 그 이론이 실험적으로 입증되어야 한다는 노벨상 선정 기준이 있기 때문이다. 블랙홀 이론이 수학적으로 맞지만 그것을 입증할 수 있는 장치나 관측은 영원히 불가능할지도 모른다.

밤하늘에 보이는 저 수많은 별들이 137억 년 전 빅뱅으로 태어났다고 한다. 그 이후 별들이 생성을 반복하는 과정에서 블랙홀이 생겨났다. 그 블랙홀은 우주 어딘가에 존재하고 간접적으로 그 존재를 추정한다. 오늘날 사람들은 빅뱅과 블랙홀을 사회적 현상이나 일반적인 사건에 비유해서 쉽게 사용한다.

그러나 나에게는 빅뱅이 뜻하는 의미가 쉽게 다가오지 않는다.

호킹은 빅뱅 직후의 우주 현상을 수학적으로 풀어 해석한다니 그의 정신세계가 궁금해진다. 그의 꿈은 "우주와 시간에 시작이 있었다는 것을 단 하나의 단순하고 우아한 수식數式으로 증명해 보이는 것"이라고 말해 왔다. 그래서 영화 제목도 '모든 것의 이론Theory of Everything'이라는 뜻이었는데 이것을 '사랑의 모든 것'이라고 재치 있게 번역하였다. 영화 제목을 이렇게 번역한 이는 우주 질서의 근본은 '사랑'이라고 생각했기 때문일 것이다.

이 영화는 우주의 기원에 대한 인류의 끝없는 탐구에 큰 진전을 이룬 호킹의 업적 뒤에는 헌신적인 부인의 깊은 사랑이 있었다는 것을 보여 주었다. 사랑의 힘은 텅 빈 우주 공간에 의미를 부여했다.

삼 분 삼십 초

한 영 옥

　아득히 먼 기억 저편에 열다섯 어린 소녀가 노래자랑에 나간 적이 있다. 가을걷이가 끝나고 넓은 들판에 마련된 임시 무대, 고향 마을의 축제였다. 어디서 그런 용기가 났던지, 아마도 담임 선생님이 권해서 그랬던 것 같다.

　단발머리에 동글동글한 얼굴, 또래 친구들보다 키가 작아 알밤이니 양파니 놀림도 받곤 했다.

　'진달래 피고 새가 울면은 두고두고 그리운 사람~'

　'꽃길'을 불렀다. 뭘 안다고 사랑 노래를 했을까, 웃음이 나온다.

　사십 년이 넘은 지금 다시 무대에 섰다. 들판이 아닌 도심 한복판, 화려한 조명이 있고 객석에는 통로까지 가득 메운 인파들로 카메라 불빛이 연신 터졌다. 지금 난 풋풋한 젊음은 아련한 세월

속에 사라지고 수분이 없는 과일처럼 윤기도 탄력도 잃었다. 양파 같다던 얼굴은 각이 지고, 흰머리가 성긋성긋하다. 늦가을 언덕의 마른 옥수수 잎처럼 서걱대지만 열정만은 살아 있다. 얼마 전 그 시간에 젖어 보았다.

마포 아트홀, 해마다 열리는 지역구 행사 노래자랑이 그곳에서 열렸다. 각 동에서 예선을 거쳐 올라온 이십여 명의 여인들이 대기실에 모였다.

어깨를 훤히 드러낸 화려한 드레스가 눈길을 끌었다. 진한 화장이며 번쩍이는 장신구, 머리에 꽂은 깃털이 주인보다 먼저 춤을 추었다. 긴장되는지 왔다 갔다 하고, 목을 풀고, 이상한 표정을 짓기도 했다.

시간이 다가왔다. 다른 여인들처럼 화려한 드레스가 아니라 검정 민소매 원피스를 입었다. 그마저 드러낼 용기가 없어 잠자리 날개같이 얇은 무지개색 숄을 걸치고 흘러내리지 않게 핀으로 고정했다. 그저 평소보다 립스틱만 좀 진하게 했을 뿐이다.

허리를 곧게 펴고 걸었다. 무릎 아래로 언밸런스하게 늘어진 얇은 망사 치맛자락이 종아리를 스칠 때마다 기분도 묘해졌다. 굽 높은 검정구두에서 나는 또각또각 소리가 내 심장 박동소리처럼 느껴졌다.

'아 에 이 오 우~'

입술과 안면 근육을 움직여 보았다. 풍선을 불듯 심호흡도 했다.

가사를 잊어버리거나 굽 높은 구두 때문에 비틀거릴 수도 있으니 최소한의 실수도 없어야 한다고 내 스스로에게 주문을 걸었다.

드디어 무대에 오를 시간. 다시 심호흡을 했다. 앞사람이 끝나고 마이크를 건네받은 사회자가 내 이름을 불렀다.

"열정과 끼로 가득한 한영옥 씨를 소개합니다."

만면에 웃음을 머금고 한손에는 마이크를, 다른 한손을 들어 박수 소리에 답례를 하며 걸어 나갔다. 시선을 멀리 두고 중앙에 섰다. 내가 부를 '물보라'의 전주가 흘러나왔다. 박자를 의식하며 편안하고 자연스럽게 소리를 냈다.

나 그대 눈을 보면서 꿈을 알았죠.

꿈꾸듯 차분하게, 점점 소리를 높여 나갔다.

마음껏 소리치며 뛰어들어요. 저 넓은 세상을 향해
마음껏 소리치며 뛰어들어요. 우리의 삶을 위하여~~

고음에 이르자 손을 들어 허공을 내저으니 객석에서 환호성이 터져나왔다. 넓은 무대! 오직 나 하나만을 향한 저 함성! 깃털처럼 가벼워 허공을 날아오를 것만 같았다. 오색찬란한 비눗방울 속에 싸여 떠가는 듯했다. 언제 이런 환호 속의 주인공이었던 적이 있던가. 또 이런 날이 올 수 있을까. 삼사 분으로 끝나는 노래가 마냥 아쉽기만 했다.

"제 노래를 들어주셔서 감사합니다."

공손히 인사를 하고 무대를 내려왔다.

삼 분 삼십 초. 오색찬란한 비눗방울의 세계처럼, 물보라처럼, 그 순간은 사라졌지만 화려하고 꿈같던 특별한 경험은 오래 기억될 것 같다. 세월은 거스를 수 없다 해도 그날의 삼 분 삼십 초는 내 가슴속에 오래 기억될 것이다.